3章｜魔人病
（これは――
人でも獣でもない）
（もっとなにか――やべーやつだ）
愁は左手に菌糸大盾を、
右手に菌糸刀を、
背中の菌糸腕に二刀を握り、
それらに胞子光をまとわせる。

オブチ・ロウタ
“オーク”と呼ばれる豚の亜人。行商人兼狩人として、相棒と二人街々を回っている。
阿部愁／アベシュー
100年後の世界で目を覚ました青年。ワイルドな毛皮ルックを卒業し、ついに文明的な服・ジャージを手に入れる。
タミコ
あざと可愛いカーバンクル族の女の子。美味しい食べ物いっぱいの地上世界に大はしゃぎ。
イカリ・ノア
アベシューたちが最初に出会った地上の住人、狩人の少女。地上の世界を知らない二人をサポートするしっかり者。

アオモト・リン
狩人ギルドスガモ支部の組合員代表にして、レベル50越えの強者。生真面目で仕事のデキる美女だが、実は……？
カイケ・トウカ
狩人ギルドスガモ支部の美人受付嬢。優しそうなゆるふわ美女だが、実は……？

4章｜スガモ
「ふふ、タミコさん、あとでごしようやすね」
「ぴやー！　あったかいみず、きもちいいりすー！！」

迷宮メトロ
目覚めたら最強職だったのでシマリスを連れて新世界を歩く
Vol.2
Last Sasaki
佐々木ラスト
イラスト｜かわすみ

口絵・本文イラスト　かわすみ

# CONTENTS

Labyrinth Metro

# 1章 Episode 1 〝東京審判〟

Labyrinth Metro

凶暴《きょうぼう》なメトロ獣《じゅう》のひしめく地下迷宮《めいきゅう》――オオツカメトロを五年がかりで脱出《だっしゅつ》した阿《あ》部愁《べしゅう》は今、太陽の下で地上の上を踏《ふ》みしめている。

「……これが、東京かよ……」

全身に浴びる陽射《ひざ》しの眩《まぶ》しさと温かさに、頬《ほお》に吹《ふ》きつける風の心地《ここち》よさに、足の裏に伝わる草地の柔《やわ》らかさに、全力で駆《か》け回《まわ》りたいほどの喜びと感動を味わっている。

だが、それらに勝《まさ》る感情があり、愁は呆然《ぼうぜん》とその場に立《た》ち尽《つ》くしている。途方《とほう》に暮れずにはいられないほどの驚《おどろ》きと戸惑《とまど》いだ。

オオツカメトロという名が、愁が最後にいた東京都豊島区《としまく》南大塚《みなみおおつか》の界隈《かいわい》を由来としているなら、ここは東京のど真ん中のはずなのだ。

なのに――目に入るのは。あたりを囲むのは。

人の腕《うで》ほどもある巨大《きょだい》な猫《ねこ》じゃらし。ヒョウ柄《がら》のウツボカズラ。

スポンジのように穴の開いたマリモ。信号に似た三つの目を持つ細長い木。

あるいは極彩色《ごくさいしき》の花やキノコやシダ植物。ふわりと風に漂《ただよ》う雪の粒《つぶ》のような胞子《ほうし》。

愁たちは今、鬱蒼《うっそう》とした菌糸《きんし》植物の森、そのど真ん中にいる。

「あの、アベさん――」

呆然と突《つ》っ立っていると、イカリ・ノアが後ろから声をかけてくる。メトロの奥底《おくそこ》で目覚めて以来、愁が初めて出会った人間の少女。この新世界の住人だ。

「見晴らしのいいところから見てみますか？　町も見られると思いますよ」

「みたいりす！　ニンゲンのマチ！　ぴぎー！」

シマリスもといカーバンクル族のタミコは興奮してシャッシャッと反復横跳《よこと》び。人里はメトロ生まれメトロ育ちの彼女《かのじょ》の憧《あこが》れの一つだ。

「……うん、じゃあ行こうか」

愁はカバンを抱《かか》え直し、タミコをつまんで肩《かた》に乗せる。

そうして三人は森の中へと歩きだす。


ちちち、と小鳥の声が聞こえる。飛《と》び交《か》う虫もわりと気色悪く、サイズ的にも平気でバスケットボールくらいありそうなのもいたり、少なくとも東京でも行田《ぎょうだ》でも見かけたことのないやつらばかりだ。

あたりに生《お》い茂《しげ》る菌糸植物も、メトロの中よりダイナミックな印象だ。やはり植物だけあってお日様と新鮮《しんせん》な空気の下ではのびのび育つのだろうか。

タミコはぽかっと口を開けたまま絶えずきょろきょろしている。さっきまでは「でっけーマツぼっくりりす！」「なんかのドーブツのうんこりす！」と目につくものをいちいちさけんでいたが、愁の反応が薄《うす》いのを気にしてか、彼女も口数が少なくなってしまっている。彼女の喜びに水を差してしまったかも、と愁は少し申し訳なく思う。

ほどなくして勾配《こうばい》が急になり、木に手をかけて登るようになる。幹がかたく地面にしっかりと根を張った、愁の知る「普通《ふつう》の木」もあるようだ。これも切って割れば奥《おく》には菌糸が詰《つ》まっているのだろうか。

「――着きましたよ、アベさん」

ようやく丘《おか》の頂上にたどり着き、愁はノアと並んでそのへりに立つ。それほど高い場所ではないようだが、あたりの景色を見渡《みわた》すにはじゅうぶんだ。

「……なにこれ……」

視界の続く限り、鮮《あざ》やかな森林が広がっている。

起伏《きふく》が大きく、合間を走る川も垣間見《かいまみ》える。

東のほうには岩肌《いわはだ》の露出《ろしゅつ》した高い山の姿もある。

「トーキョー大樹海――このシン・トーキョーのほぼ全域を覆《おお》う、菌糸植物の森です」

東京全域。これが。

愁はぺたんとしゃがみこみ、頭を抱える。苦笑《くしょう》するしかない。

「これのどこが……東京だよ……」

コンクリートジャングルが本物のジャングルに。笑えないジョークだ。

「百年で……こんなに変わっちまうのかよ……なんで、こんな……」

「アベシュー……」

タミコが気遣《きづか》わしげに愁の頬をさする。ノアも隣《となり》に腰《こし》を下ろす。

「百年前の東京は、この森の木々と同じくらい灰色の建物がひしめいていたって、ひいじいから聞きました。今よりももっとずっと、たくさんの人が暮らしていたって」

「ひいじい？」

「前の世界から生きていた人です」

「マジ⁉」

「……はい、八年前に亡《な》くなりましたけど……」

「あ……ごめん……」

愁が目覚めたのがトーキョー暦《れき》一〇二年、それから五年経ったから今は一〇七年か。そのひいじいが仮に平成末期の生まれだとしても、確実に百歳《さい》を超《こ》えていたことになる。大往生というやつか。

「アベさんは、百年前のその日、なにが起こったのか、憶《おぼ》えてないんですよね？」

「うん……なんとなくしか」

ノアがポケットから古びた手帳をとり出す。表面がすり切れてほとんど白っぽく色あせた革《かわ》の手帳だ。

「これは、ひいじいが若い頃《ころ》から使ってた手帳です。あのときのことも書いてあります。字が汚《きたな》くて、ほとんど断片的《だんぺんてき》にしか読めないけど……」

「マジ？　俺《おれ》と同じ時代の人の、手帳？」

ぱらぱらとめくるその紙も、しわくちゃで黄ばんでいて今にも朽《く》ちそうなほどだ。

そこに、曾孫《ひまご》をして下手《へた》と言わしめる文字が、何ページにもわたって殴《なぐ》り書《が》きされている。確かに愁の目にも暗号とさえ映る汚文字だ。

「ボクも、ひいじいの寝物語《ねものがたり》でしか知りません。だけど、ひいじいはそのときの――〝東京審判〟のことを、とても鮮明《せんめい》に憶えていたようです」

＊＊＊

東都メトロの地下鉄トンネル内に生じた、怪奇《かいき》現象とも呼べる謎《なぞ》の異変。

不自然な横穴、縦穴、裂《さ》け目《め》。ありえない分岐路《ぶんきろ》の出現。有毒ガスと思われる気体の漏《ろう》出《しゅつ》、謎の生物発見という未確認《みかくにん》情報、調査に出たまま行方《ゆくえ》不明になったメトロ職員。

どこまでが事実でどこまでがフェイクなのか、当時はネットもテレビも情報が錯綜《さくそう》していた。愁にとってはまだ五年前のことだが、遠い昔の記憶《きおく》のようだ。

そして、最初の異変発覚から一週間後。

「のちに〝東京審判〟と呼ばれる二つの大きな天変地異が東京を襲《おそ》いました。一つ目が、〝メトロの氾濫《はんらん》〟でした」

局所的な大地震《だいじしん》が東京を襲った。

建物を薙《な》ぎ倒《たお》し、地表を砕《くだ》き、陥没《かんぼつ》させ、隆起《りゅうき》させた。

それは東京中の地下に張りめぐらされた地下鉄道の急激な変動によるものだった。それまでのじりじりとした緩《ゆる》やかな異変から、堤防《ていぼう》が決壊《けっかい》するかのように爆発的《ばくはつてき》にメトロが溢《あふ》れ出《だ》したのだ。

そうして崩壊《ほうかい》した東京を、壁が囲ったという。

「壁？」

「今日は胞子で空気が少し濁《にご》っていますが、遠くのほうにうっすら見えませんか？」

目を凝《こ》らすと、確かに見える。空に溶《と》け込むほどにうっすらと、森の稜線《りょうせん》から白っぽい壁がせり出し、地平線をなぞるように横に伸《の》びている。

「なにあれ……つーか、めっちゃでかくね？」

「高さ五百メートル以上もある巨大な壁です。それがこのシン・トーキョーをぐるっと囲っています。あれもまたメトロの一部だと言われています」

「あれがメトロの一部？　ってか、東京をぐるっと？」

「正確には『旧東京の都心部』？　を囲っているそうです。地下のメトロの爆発的氾濫《ばくはつてきはんらん》、東京の崩壊、壁の隆起、外界との隔絶《かくぜつ》。それがたった一日のうちに起こったと」

「……そこにいた人たちは……？」

「文献《ぶんけん》によると、その一日で何百万という人が犠牲《ぎせい》になったそうです」

「そんな……」

ひいじいの手帳によると、それでも一千万以上の人々が生き延びて、外界からの救助を待っていたという。

けれど、彼《かれ》らの元に訪《おとず》れたのは救いの手ではなく、二つ目の災害――

「それが、〝超菌類汚染《ちょうきんるいおせん》〟でした」

「ちょうきんるいおせん？」

「バイオハザードとかパンデミックとかって言われたりもしますけど、要は〝超菌類《ちょうきんるい》〟による大規模な生体汚染《おせん》と文明破壊《はかい》です」

「タミコが最初に言ってたやつだっけ？」

「そうりすっけ？」

「憶えてないんかい」

氾濫したメトロの奥から溢れ出てきたのは、未知の菌類《きんるい》の胞子だった。それは瞬く間《またたま》に壁の内側を覆い尽くした。濃密《のうみつ》な霧《きり》のように一帯に立ち込め、数メートル先も見えなかったほどだという。そしてそれは――すべてを破壊していった。

「菌類が、破壊……？」

「手帳によると……『分解者としての既存《きそん》の菌類とはまったく異質な存在だった。のちに〝超菌類〟と名づけられたそれは、地上のすべてを分解した。機械を、紙を、金属を、電線を、ガラスを、プラスチックを、ビルを、家を、インフラを、叡智《えいち》を、歴史を、社会を、芸術を、通信網《つうしんもう》を、あらゆる科学と文化を。まさに文明の分解者だった』」

「文明の分解者……」

「〝超菌類〟による感染症《かんせんしょう》で、さらに多くの人命が失われていきました。医療《いりょう》機関は機能せず、情報やライフラインは途絶《とぜつ》され、食料も〝超菌類〟に食われ。胞子の霧が晴れ、カビが姿を消して、〝超菌類汚染〟が終息したのは十年後でした」

「十年って……」

〝超菌類〟は東京を分解し、役目を終えたカビは塵《ちり》になって土壌《どじょう》を形成し、東京は溢れんばかりの菌糸植物に覆われた。それが今、愁たちの前に広がるトーキョー大樹海ということだ。

過去の文明の形跡《けいせき》は、各地でごくわずかに発見された瓦礫《がれき》の墓場くらいだったという。こうして東京は一度死んだのだ。

「でも……生き延びた人もいたってことだよね？」

「そうですね。ひいじいも含《ふく》めた多くの生存者は、〝超菌類汚染〟発生後、住む場所を追われ、メトロの中に逃《に》げ込んだそうです」

「メトロの中？　でも、〝超菌類〟ってメトロの奥から出てきたんだよね？」

「はい……感染症や食料不足で死者はますます増えていきました。それでも生き延びた人たちもいて、その人たちはいつしか〝超菌類〟に対する耐性《たいせい》を身につけていて……全身を菌糸に寄生されたボクたちのご先祖様たち――始まりの〝糸繰《いとく》りの民《たみ》〟です」

彼らは広大なメトロの中に身を潜《ひそ》めて生きながらえたそうだ。いくつものコロニーを形成し、菌糸植物やメトロ獣を捕食《ほしょく》し、メトロを流れる地下水を飲み、十年という長い歳月《さいげつ》を耐《た》え続けた。

「俺も五年メトロで暮らしてたけど……その倍か……」

もう五年あの生活が続いていたらと想像すると、ちょっと気が遠くなる。

「地上が〝超菌類汚染〟から解放された時点で、人口は三十万人程度まで減っていたそうです」

「そんだけかよ……」

東京都心部に閉じ込められたのが千五百万人ほどだとしたら、生き残ったのはわずか数パーセント程度だったということになる。

「それでも彼らは、過酷《かこく》な不毛の時代を生き延びて、再び地上をとり戻《もど》すべく、太陽の下で再興を始めました」

そうして地上の奪還《だっかん》と開拓《かいたく》が始まった。時を同じくして地上に進出していたメトロ獣との縄張《なわば》り争いを勝《か》ち抜《ぬ》き、土地を開墾《かいこん》し、住居を建てていった。

また、メトロの奥には食料となる動植物や多くの貴重な資源があり、なにより胞子嚢《ほうしのう》から得られる力は一部の人々にとって不可欠だった。メトロはこの地に災《わざわ》いをもたらした元凶《げんきょう》でありながら、地上の再興の土台にもなった。そうして率先《そっせん》してメトロ攻略《こうりゃく》を生業《なりわい》にしていた人々こそ、狩人《かりゆうど》という職業人の大先輩《だいせんぱい》に当たるわけだ。

「人々は力を合わせ、知識をかき集め、少しずつ文明を再建していきました。その過程でいくつかの大きな集落に発展していって、トライブと呼ばれるようになりました」

各地にトライブが発生した結果、各集団間での友好的な交流ばかりではなく、縄張りや資源をめぐって争いも起こった。中にはそうして人の手によって滅亡《めつぼう》していったトライブもあったという。

「地上への帰還《きかん》から十数年後、すべてのトライブをまとめる統合政府――〝都庁政府〟と呼ばれる組織が発足《ほっそく》し、ここはシン・トーキョーという国に改められました」

争いはしだいに収まり、人々は生活の安定と発展にますます力を注いでいった。それらは数十年という歳月を存分に用い、ゆっくりと慎重《しんちょう》になされていった。

「……というのが、ひいじいが自分の目で見てきた東京の終わりとシン・トーキョーの始まりの歴史です。もちろん、これが全部じゃないんでしょうけど」

タミコはだいぶ前からぽけっと口を開けたままだ。理解が追いついていないらしい。

愁も感情的には同じだ。頭では理解できても、心が追いついてこない。

それでも、気になることはいくつかある。

「……外の世界って、どうなってるんだろうね?」

先ほどまでのノアの話では、壁の外の世界については一切《いっさい》触《ふ》れられていない。

仮に〝東京審判〟とやらが壁の内側のみの局所的な災害だとしたら、外の世界が無事だったとしたら。ここはファンタジーなシン・トーキョーなどではなく、日本国の東京都として復興しているはずだ。

そういう意味では、いくつか推察できる答えはある。問題はそのうちのどれかということだ。

「すいません、わかりません」

「え、あれ？」

予想外の答えだ。

「ボクたちには、外界のことを知る術《すべ》がありません。向こうに行くことも、向こうから入ることもできないから。ボクたちは壁を越《こ》えられないんです」

「越えられない？」

「空飛ぶ鳥でさえ、あの壁を越えることは不可能だって話です。あれはただの壁じゃなくて……ボクもよくわからないんですけど……とにかく、壁に干渉《かんしょう》することや越えようとすることは、この国の禁忌《きんき》の一つとされています」

「よくわかんないけど、謎パワーのせいで壁は越えられない、外の世界の情報は入ってこない、って感じ？」

「はい、そういうことです」

鳥が越えられない。それが事実だとしたら、物理的に壁の上から通過すること自体が不可能だということだろうか。となると、気球やドローンのようなものを飛ばしても無理ということか。

なにか超常《ちようじよう》的な力でも働いているのだろうか。見えないバリアとか電磁波とか。そんなアホなと言いたいところだが、そもそもメトロなり〝超菌類〟なり前提が現実としてぶっとんでいるので今さら否定しようもない。

「……ちなみにさ、イカリさんは飛行機とかヘリってわかる？　見たことある？」

内側の住人が外に出られないとしても、外の人たちからの干渉があってもおかしくはないはずだ。機械まで分解する〝超菌類汚染〟とやらもすでに終息しているというならなおさらだ。

「はい、知識としてはわかります。だけど……見たことはありません。そういうのが外の空を飛んでいたというのを確認《かくにん》されたことはないと思います。都庁やメトロ教団ならなにか知ってるかもですけど」

ノアは少しすまなそうにしている。その答えが愁にとってどういう意味を持つのか察しているのだ。

「……ありがとう、イカリさん。よくわかったよ」

愁は大きく息をつき、何度か小刻みにうなずく。

ほぼ間違《まちが》いないだろう。

〝東京審判〟と同様の事象かもしれないし、その余波かもしれない。あるいはまったく別の事象によるのかもしれない。

どちらにせよ――航空機を保有するだけの文明は、少なくとも外の世界にはない。

それどころか――人類が存続しているかどうかも定かではない。

あるいはもう――最悪の場合……。

「……そっか……」

（もうないのかもなあ……行田も、実家も）

百年――途方もない年月だ。

自分の生きた世界が、土に還《かえ》ってしまった。

自分の生まれた場所も、生きた場所も、すべて土に埋《う》もれてしまった。

頭ではとっくに覚悟《かくご》していたはずだった。

けれど、改めてそれを聞いて、この目で見てしまって。

――もう、なくなってしまっている。

自分を育ててくれたものも。自分が愛していたものも。そうでなかったものも。なにもかも。

「……あーあ……」

愁の中で行き場をなくした感情が、一筋だけその目からこぼれる。

＊＊＊

「すいません、アベさん」

「ん？」

「できれば今日中に町に着きたいので、そろそろ出発したいんですが……」

「あ、うん」

愁はごしごしと顔を拭《ぬぐ》い、うなずいて立ち上がる。

「賛成。ごめんね、付き合ってもらっちゃって。しかもいろいろ説明してもらって」

「そんな、とんでもないです。話の続きは町に着いたときにでもしましょう」

「マチにいくりすか⁉　ニンゲンのマチにいくりすか⁉」

フンスカと鼻息を荒《あら》くするタミコ。母親に「次の日曜ネズミーランド行こっか」と誘《さそ》われた末っ子のように目が輝《かがや》いている。

「そういや、人里ってこっから見えるんだっけ？」

「えっと、あ、あれです。右側のあのへん……門と建物があるの、見えますか？」

「え……あ、ほんとだ」

言われてみると、かろうじて見える。木々の合間に覗《のぞ》いているのは、確かに人工の建造物だ。タミコが見たいとせがんで指をかじるので、手に乗せて頭上に掲《かか》げてやる。

「みえるりす！　あれがマチりすか⁉　ぴぎー！」

「落ち着け、落ちるぞ」

「はい、あれがスガモ市です。それで、逆の左側……もうちょっとはっきり見えますよね、おっきな塔《とう》があるの」

「おー、確かにあるね」

反対側なので気づかなかったが、スガモよりもはっきりと見える。町の規模としてもあちらのほうが大きいのかもしれない。

「あっちがイケブクロトライブ領です」

「おお、イケブクロ！」

懐《なつ》かしい名前に愁のテンションが回復。巣鴨《すがも》と池袋《いけぶくろ》――オオツカの地名が残っているなら、それらが残っていても当然か。

「あ、そういえばイカリさんはイケブクロトライブ？　の所属とか言ってたよね」

「……はい、ボクはイケブクロの領民です。ギルドの所属もイケブクロ支部です」

ノアの表情が一瞬《いっしゅん》だけ曇《くも》ったように見えたのは気のせいだろうか。

「じゃあ、これからイケブクロに行くの？」

「いえ……スガモ市のほうに行こうかと」

「イケブクロのほうが近いし、町もおっきかったりするんじゃない？」

「そうなんですけど……アベさんたちにはスガモのほうがいいと思うんで……」

言いよどむノア。なぜだろう、と愁は考えてみる。

お年寄りの原宿《はらじゅく》こと巣鴨。

若者と埼玉県民《さいたまけんみん》の集まる池袋。

大塚《おおつか》からなら距離《きょり》はほぼ変わらないだろう。駅一つ分、徒歩でも余裕《よゆう》で行ける。むしろ池袋のほうがほんの少し近いはず。

ぱっと見、イケブクロのほうが大きい町なのはこの時代も変わらないようだ。なのにノアはなぜ巣鴨を推《お》すのか。「そっちのほうがいい」という理由は？

（……あ、なるほど）

（わかっちゃったわ）

このファッションのせいだ。この全身狼《おおかみ》ルックがイモすぎるせいだ。

古墳《こふん》と蓮《はす》が誇りの元行田市民。穴ぐらから出てきたばかりの野生児にイケフクロウへの謁見《えっけん》は早すぎると。巣鴨のお地蔵様ならどんな格好でも温かく迎《むか》えてくれるだろうと。そういうことか。

「うん、わかったよ。お気遣いありがとうね」

「え？　あ、はい。じゃあ行きますs――」

このとき、愁のてのひらにはタミコが乗ったままだ。

しかも感知胞子《かんちほうし》を散布しておらず、タミコも有頂天《うちょうてん》で完全に油断しきっている。

「うおっ！」

シャッ！　となにかが目の前を通りすぎる。完全に死角から飛び出してきたそれが、そのまま空高く昇《のぼ》っていく。

――鳥だ。

「え、タミコ⁉」

てのひらからタミコが消えている。

「ぴぎゃ――――！　たすけてりす――――！」

頭上からタミコの悲鳴が聞こえる。鳥にさらわれたようだ。

「あたい！　かぜになってるりす――――！」

「タミコさん！」

「マジか！　タミコっ！」

鳥はどんどん高度を上げ、遠ざかっていく。

（やばいやばい）

（タミコが雛鳥《ひなどり》のおやつにされちゃう）

「ごめん、イカリさん！　これお願い！」

荷物とマントを渡し、愁は身構える。

背中に意識を集中させる。

しゅるしゅると肩甲骨《けんこうこつ》付近から糸が伸び、一対《いっつい》の腕の形をなす――菌糸腕《きんしわん》だ。

ちなみに上着はその部分だけちぎれている。ばっくり背中の開いたセクシー仕様。

「えっ、それ――」

「先行く！」

ぐっとしゃがみこみ、跳躍力《ちょうやくりょく》強化で跳《と》び上《あ》がる。空に躍《おど》り出ると太陽が眩しいほどに近く感じられる。

　そのまま落下して眼前の木にぶつかる寸前、菌糸腕で枝にしがみつき、ぐりっと体勢を引《ひ》き戻す。

　下の枝に足をつけ、さらに跳ぶ。そうやって忍者《にんじゃ》のごとく木伝いに渡っていく。レベル66の身体能力と菌糸腕があれば、このくらいは朝飯前だ。

　鳥との距離が縮まっていく。そのシルエットが太陽と重なり、眩しさに愁が思わず手をかざしたとき——鳥が宙でぐらっと揺《ゆ》らぐ。

（え？）

　なにやらじたばたと羽ばたいている。

　頭を振《ふ》り乱《みだ》し、「キュィイイッ！」と甲高《かんだか》く鳴く。

　やがてシルエットが二つに分かれ、落ちていく。だらりと羽を垂らした鳥と、ちっぽけな毛玉。

「マジかっ！」

　木の幹を踏み折る勢いで蹴《け》り上がる。菌糸腕を駆使《くし》して樹上を駆け抜け、高く跳躍《ちょうやく》し、腕を伸ばす。てのひらにぽすっと落ちてくる毛玉ことタミコ。

「アベシュー！」

「おっしゃ！　ナイスキャッチ！」

着地を考えていなかったので、そのまま前方の木に突っ込む。木の葉にガサガサ引っかかりながら、ぼとっとリンゴのように尻《しり》から地面に落ちる。

「いって……タミコ、だいじょぶか？」

「ぴぎゃー！　こわかったりすー！」

泣きわめくタミコに顔面にしがみつかれる。

「つか、なんで落ちたの？」

「あれをみるりす」

「見えないからどいて」

見上げると、さっきの鳥が枝に引っかかっている。だらんと首を垂《た》れ下げ、ぽたぽたと首から血を滴《したた》らせている。

「あのトリコーをまえばのサビにしてやったりす！　シャシャシャ！　あたいをなめるんじゃねえりす！」

タミコはこう見えてレベル41のつよつよリスだ。戦闘《せんとう》には向かない種族ということだが、レベル30くらいの相手なら単独で仕留められるほどの力は持っている。ましてやそのへんの手羽先野郎《やろう》ごときのおやつになるほど可愛《かわい》げのある小動物ではない。

「でもあいつ、結構でかかったな。あ、やべー……唐揚《からあ》げ食いたくなってきた」

「カラアゲ？　なんりすか？」

「鶏肉《とりにく》を油で揚《あ》げたやつ。サクッとして、中の肉はじゅわーっとするやつ」

「じゅるり……ちじょうはうまうまのラクエンりすね……」

事切れた鳥を回収し、どうやってノアと合流しようかと考えているうちに、息を切らしたノアが駆け寄ってくる。この樹海でよく追いかけてこられたものだ。

「これは……テトラトンビですね」

トンビなのか。テトラというだけあって、確かに頭が三角形だ。

「地上の獣ではそれなりに危ない部類のやつですけど……さすがですね、タミコさん」

「レベル5くらいだったりすね。あたいのてきじゃねえりす、むん！」

観光客のハンバーガーをひったくるトンビの姿をテレビで見たが、こいつからしたらとんだ猛獣《もうじゅう》を釣《つ》り上げてしまったわけだ。

「捕《つか》まえられておしっこチビってたけどな」

「ちちちチビってねえりすこのドーテーニンゲン！　そのしおがお、カツラムキにしてやるりす！」

「どど童貞《どうてい》ちゃうわこのションベンリスが！　返《かえ》り討《う》ちじゃ、チタタプじゃー！」

「残念ですが、猛禽類《もうきんるい》の肉はあんまりおいしくないんですよね。嘴《くちばし》と爪《つめ》と風切羽は装飾品《そうしょくひん》になったりするので、せっかくだからもらっておきましょう。聞いてます？」

ともあれ、とんだ道草を食ってしまった形だ。日は少しずつ西へと傾《かたむ》きつつある。

「さっきの騒《さわ》ぎで、野盗なんかに目をつけられなければいいんですけど……ちょっと遠回りですけど、南の街道《かいどう》に出ましょう。比《ひ》較的《かくてき》安全にスガモまで行けますから」

「オッケー、行こう」

大塚から巣鴨までなら学生時代に歩いたことがある。一キロ足らず、樹海の中というのを差し引いても一時間もあれば余裕で着く距離だ。

（あれ、でも――？）

丘から見渡したとき、それほど近くに感じられなかったのは気のせいだろうか。

＊＊＊

ノアの後ろについて、少し日の陰《かげ》った獣道《けものみち》を歩く。彼女はコンパスを手に持っているが、ほとんど目を向けることなくどんどん進んでいく。

先ほどのトンビのようなことがないように、愁は感知胞子を撒《ま》きながら歩く。

だがほどなくして、今までとは感覚が異なることに気づく。胞子が思うように広がってくれない。

（あ、風のせいか）

空気の流れの少ないメトロでは、胞子は愁を中心に円形に飛び散っていた。だが地上では風が吹いている。ごく微小《びしょう》の胞子はその向きにもろに影響《えいきょう》を受けてしまう。思った方向に飛ばせないし、感知できる範囲《はんい》も歪《いびつ》な形になってしまう。

（こんな落とし穴があったとは）

（今はほとんどそよ風程度なのに）

メトロの中ではチート級の便利性能を誇っていたが、意外な弱点が露呈《ろてい》してしまった。

地上では半径十～二十メートル程度を保てれば御《おん》の字《じ》か。一直線に高速で向かってくるような敵への対応には一歩遅《おく》れてしまうかもしれない、注意しないと。

それでもないよりはマシなので、感知を続けながら歩く。タミコもさっきの二《に》の舞《まい》はごめんとばかりに肩の上で耳をぴんと立てている。

「ああ……ようやく出れましたね。これが街道です」

三十分ほど歩いたところで、ようやく開けた道に出る。三車線分くらいの幅《はば》の、平たい石と砂利《じゃり》を敷《し》き詰めてかためた簡素な舗道《ほどう》だ。方角としてはざっくり北北東と南南西を結んでいる。

「ここから南に行けばミョウガダニメトロ、西にゴコクジメトロがあります。両方とも初級者向けのメトロで、近隣《きんりん》都市の新米狩人の登竜門《とうりゅうもん》的な場所になっています。ボクもそこで修行《しゅぎょう》しました」

「へー、護国寺もダンジョン化してんのか」

要町《かなめちょう》から飯田橋《いいだばし》の大学に通っていた頃、普段《ふだん》は自転車で通学していたが、友だちと飲んだりしたときは有楽町線《ゆうらくちょうせん》を使っていた。護国寺で降りたのは飲みすぎて気持ち悪くなってトイレに駆け込んだときくらいだ。結局個室まであと一メートルのところで力尽《ちからつ》きたのを思い出す。

「ここからスガモまでは一本道で、三時間も歩けば着くと思います」

「ちょ、ちょっと待って。三時間？　巣鴨まで？」

森の中ならいざしらず、平坦《へいたん》な街道を歩くだけならそこまでかからない気がする。

ノアはきょとんとして、それから「あー……」と申し訳なさそうな顔をする。

「……そうでしたね、確かひいじいの手帳にも書いてありました」

「なにが？」

「昔と今とでは、距離が大きく違《ちが》うそうです」

「へ？」

ノアは手帳をとり出し、ぺらぺらとめくる。

「〝東京審判《しんぱん》〟発生後も、メトロはじりじりと変動と膨張《ぼうちょう》を続けていきました。超局所的《ちょうきょくしょてき》な地殻《ちかく》変動――その上にある東京都心部ごと、領土を拡大するように、あるいは無差別に菌糸を伸ばすみたいに。〝超菌類汚染〟が終息して人々が地上に戻ったときには、壁の内側は面積比で推定百倍以上に広がっていたそうです」

「百倍って……東京じゃないじゃん！　もはや関東地方じゃん！　もうヤダー！」

再び百年越《ご》しの理不尽《りふじん》に晒《さら》され、愁はがっくりと膝《ひざ》をつく。

別に自分が悪いわけでもないのに申し訳なさそうにするノア。そして相棒の悲嘆《ひたん》に暮れる姿を尻目《しりめ》に道端《みちばた》のドングリタンポポに夢中になっているタミコ。

日は着々と傾き、あたりには影《かげ》が広がりはじめている。

「イカリさん、シン・トーキョーの地図って持ってる？」

「あ、はい。簡易版のやつですけど……」

ノアがリュックのポケットからA４くらいの紙をとり出す。四つ折りのそれを広げると、そこには彼女《かのじょ》の言う「ざっくりとしたシン・トーキョー」の姿が描《えが》かれている。

横に少し長い、ゴツゴツとした楕円《だえん》だ。地名がカタカナで書かれていて、それが赤青黄の丸で囲まれている。

西端《せいたん》はスギナミ、東端《とうたん》はセンジュ、カメイド。

北端《ほくたん》はアカバネとネリマ、南端《なんたん》はシナガワ。

地図を見る限り、大田区、足立区、江戸川区《えどがわく》あたりは含まれていないようだ。

ともあれ、東京の東半分、二十三区付近が百倍以上の面積になったわけだ。単純計算なら縦横に十倍以上広がったことになる。

そんなトンデモ地殻変動があってたまるかと声高《こわだか》にさけんでやりたいが、実際に起こったというのだから唇《くちびる》をへの字にして不満を表明するくらいしかできない。

「あ、ここってもしかして、海？」

シナガワの横に青く塗《ぬ》られている部分がある。

「はい、トーキョー湾《わん》です」

「え、じゃあもしかして、船で外に出られたりとか？」

「いえ……壁が覆ってますから」

地図を見ると、確かに東京湾《とうきょうわん》も壁に覆われている。壁は湾の底からもせり出しているということか。

「海水は外の海と出入りしているとかいう話ですけど、やっぱり誰《だれ》も出られないみたいで……ボクも詳《くわ》しい話は知らないですけど……」

「なるほど……例によって謎現象か」

地図に目を戻すと、赤丸のイケブクロの右に青丸のスガモがある。

「これ、赤と青ってなにか違うの？」

「赤はトライブ領、青はそれ以外の都市とか町ですね」

「どう違うの？」

「トライブは族長が統治しています。基本的には世襲《せしゅうせい》制で、前族長による選出で引き継《つ》がれたりします。それ以外の町は、都庁の直轄地《ちょっかつち》だったり、住民による自主的な統治だったり。スガモ市は後者ですね」

「なるほど……そんで、黄色の丸は……」

赤と青がそれぞれ十個前後なのに対して、黄色はざっと三十以上もある。

「オオツカもあるってことは、メトロ？」

「ご明答です。ちなみにこの地図にないメトロもたくさんあります。今こうしている間にも、どこかで新しいメトロが生まれてるかもしれません。シン・トーキョーはメトロの国ですからね」

そんな雨後のタケノコみたいに言われても。

「なるほど……ありがとう、いろいろ勉強になるよ」

「いえ。じゃあ行きましょうか」

「タミコ、行くぞ」

「ひっふ！」

「ドングリ詰《つ》め込みすぎだろ」

両側に森、まっすぐな道。虫や野鳥の声がときおり聞こえてくる。

二・三十分ほど歩いたところでかなり暗くなってくる。日が落ちたようだ。ノアがランプに火をつける。

「アベシュー、くらくなってきたりす」

「夜だよ」

「そらにちっこいコケがひかってるりす」

「あれが星だよ」

「はあ……ピカピカしてるりす……ドングリよりきれいりす……」

「ドングリと星をくらべたのは地球上でお前が初めてかもな」

「あっちにもみえるりす、あっちにも……」

空を仰《あお》いでうっとりするタミコ。いつになくヒロイン感が増して乙女《おとめ》チックなリス。

と、その耳がぴくっと反応する。

「アベシュー、うしろからなにかくるりす」

「マジで？」

振り返ると、オレンジ色の小さな明かりが見える。ゴロロロ、ゴロロロ……と車輪の転がる音がかすかに聞こえてくる。なにかが近づいてくるようだ。

「――車？　マジで……？」

愁《しゅう》は目を疑う。だが現実に、現れたのは車のような乗り物だ。

大昔のオープンカー的な、というか風除《かぜよ》けのないトラクターのような感じだ。白い幌《ほろ》で覆《おお》われた軽トラくらいの荷車を後ろに接続している。前輪が異様に大きい。

前の運転席に人が乗っていて、ハンドルのようなものを握《にぎ》っている。中年の男だ。襟《えり》のないシャツにジャケットを羽織っている。

「どうも、こんばんは」

男がおっとりした声でそう挨拶《あいさつ》してくる。

「こんばんは」

ノアがすぐに返す。

「坊《ぼ》っちゃん、そのナリからすると狩人かい？」

「はい」

ノアの身なりからして、やはり男の子に見えているようだ。

愁とタミコはノアの後ろでもじもじする。これでこの世界で会った二人目の人間、地上では初めての人間。緊張《きんちょう》せずにはいられない。

「私はスガモ市のコンノ・アキオ、商売人です。坊っちゃん、よかったら所属を教えてもらえますか？」

「イケブクロのイカリ・ノアです。これが認識票《にんしきひょう》です」

ノアがカバンから名刺《めいし》サイズくらいのカードを出してみせると、コンノという男が何度かうなずく。

「後ろの方は……」

「あ、えっと、阿部《あべ》愁です」

「あたいはタミコりす」

「おお、ナカノのカーバンクル族かな？　こんなところで珍《めずら》しい」

「自由民の方とその相棒さんです。ちょっと縁《えん》があって、これからスガモにお連れするところなんです」

自由民。要は無所属？　無戸籍《むこせき》？　的なものだろうか。

「そりゃちょうどいい。よかったら乗っていかんかい？　後ろは空っぽだから」

「いいんですか？」

「カグラザカに品を届けに行った帰りなんだけどね、途中《とちゅう》で脱輪《だつりん》しちまって、修理に思ったより時間を食っちまって。このとおりすっかり日も暮れちまったし、スガモに着く前に野盗にでも出くわさないかってヒヤヒヤしてたんだ。狩人さんが一緒《いっしょ》なら心強い」

「ありがたいです。アベさん、タミコさん、いいですか？」

「あ、うん……」

「どうかしました？　なにか不安でも？」

首をかしげるノアに、愁は「いや」と首を振ってみせる。

荷車、夜道、野盗。そのフレーズを聞いて、マンガやゲームで訓練された平成人としては襲撃イベントを予期せずにはいられない。フラグという非科学的な概念《がいねん》が否定されることを願うしかない。

「ヤトウだかヨトウだかしらんりすけど、あたいがいればはっぱのおふねにのるがごとくりすよ！」

「沈《しず》むわ。つーかフラグ立てんな」

＊＊＊

荷台にはわずかな荷物しかない。結構広くて快適だ。

愁たちが後ろから乗り込んだのを確認して、コンノが運転席でなにかがさごそする。それを合図に車がゆっくり走りだす。

「おお、おおー……」

初体験の新世界ドライブだが、意外と揺れる。エンジン音は聞こえず、排気《はいき》ガスが出ている様子もない。その代わりほとんど速度は出ていない。おばさんの漕《こ》ぐ自転車よりちょっと速いくらいだろうか。

「すごいりす、ラクチンりす。あのニンゲンのおじさんにあとでドングリあげるりす」

「一回頰袋《ほおぶくろ》に入れたやつはあげちゃダメだからな」

ノアが後ろにもたれかかり、大きく息をつく。一日でメトロの地下十三階からここまで来たのだ、愁より体力的に劣《おと》る彼女のほうが疲労《ひろう》は大きいのかもしれない。

「イカリさん、この世界だとこういう車って一般的《いっぱんてき》なの？」

「えっと、輸送とか移動とかの手段として、ってことですか？」

「うん」

「一番ポピュラーなのは馬車ですね。でも輪入道車《わにゅうどう》もわりと維持費《いじひ》が安いから、都市部とかでは最近流行《はや》ってるみたいです。イケブクロでもたまに見かけましたよ」

「……輪入道って……アレだよね……」

実は愁も気づいている。乗り込む前に、車側の車輪がもぞもぞと動いていたのを目にした。というか「ボボ」「ボボ」とか低い声でうめいていた。アレは生きている、ただそれに触《ふ》れるのがちょっと怖《こわ》かった。

「はい、輪入道。れっきとしたメトロ獣《じゅう》ですよ」

幌の隙間《すきま》に頭を突っ込み、コンノが運転する車を横から覗いてみる。

巨大《きょだい》な前輪に巻かれたタイヤは、伸縮性《しんしゅくせい》のある藁《わら》のような素材を編み込んだものだ。ホイールの部分は岩っぽい材質だが——中心には人の顔のような形をしたなにかがべったりと貼《は》りついている。それがぐるんぐるんと回転して車を前進させている。

「……あれも、メトロ獣……？」

「はい。ヒトデ——棘皮《きょくひ》動物の一種で、丸い岩に寄生して転がって動くんです。ゴーレムなんかの親戚《しんせき》みたいな」

ゴーレムまでいるのか。さすがシン・トーキョー。

「輪入道って、人を襲《おそ》ったりとかしないの？」

「野生なら普通《ふつう》に襲ってきますけど、飼いならされたやつはだいじょぶみたいです。知能高めで臆病《おくびょう》って話で、人工の繁殖《はんしょく》と家畜化《ちくか》が叶《かな》ったメトロ獣の一種ですね」

条件さえそろえばメトロ獣にライドンできるわけか。ちょっとアツい。

「岩の形を整えてタイヤを履《は》かせて、あんな風に車の車輪になってもらうんです。レベル次第《しだい》では馬車よりもスピードも運搬《うんぱん》能力も高くなるそうですよ。野生じゃないからレベリングは大変だと思いますけど」

「あいつらレベル６くらいりす。ザコりすな」

「上から目線やね」

そもそもどうやって運転しているのだろう。運転席にはハンドルらしきものがあったが、あれで操縦しているのだろうか。アクセルやブレーキは？　不思議だ。

「質問ばっかで悪いんだけど、他にはどういう乗り物があるの？」

「一人乗りなら自転車とかダチョウタクシーとか。車なら馬車とかワニバスとか。スガモにもあると思いますよ」

「なにそれ。ダチョウ乗りたい」

黄色ければなおさら乗りたい。男の子の夢だ。

とりあえずはっきりしたのは、ガソリンで走る自動車などはこのシン・トーキョーには存在しないらしいということだ。

そのことに愁は少しがっかりする。一度文明が滅《ほろ》びたとはいえ、現代科学を知る人間が数十万人は残ったのだ。文明の利器がいくらか復活する余地はあると思ったのに。

あるいはこの百年のうちに、時代の移り変わりとともに、そういった知識や技術まで途《と》絶《だ》えてしまったということだろうか――。

ゴロゴロゴロゴロ……と一定の速度で車輪が転がる。疲労もあって眠気《ねむけ》に誘われる。

タミコはヘソ天しているし、ノアも寄りかかってうとうとしている。

ここががんばりどころだ、と愁は自分の頬《ほお》を叩《たた》く。町に着くまでは油断したくない。

「あの、すいません。隣《となり》に座《すわ》ってもいいですか？　野盗とかが出てきたらすぐに対処できるように」

「え？　ああ、いいけど……」

コンノの了承《りようしよう》を得て、愁は荷台から助手席に移る。

「お兄さん、気を遣《つか》ってくれてありがとね」

「いえいえ、こちらこそ乗せていただいて……」

車側の部分を観察する。シートは運転席と助手席だけの二人乗り。車体は金属ではなくペンキで塗装《とそう》された木組みだ。ハンドルがあり、足元にアクセルとブレーキらしきペダルもある。これで操縦するようだが、ペダルが輪入道への手綱《たづな》代わりみたいな役割になっているのだろうか。

「自由民の人ともそれなりに商《あきな》いはしてきたけど、お兄さんはずいぶんワイルドな格好してるね」

「そうですかね」

「あと、ちょっと言いにくいけど……においも野生味満載《まんさい》だね。スガモには温泉風呂《ぶろ》の宿

もあるから楽しむといいよ」

「そうします（温泉！　温泉！）」

五年ぶりの風呂。しかも温泉。こうなれば意地でも無事に町に着きたい。

それからぽつぽつとコンノが愚痴《ぐち》をこぼしはじめる。ほとんどが家庭の話題だ。

子どもが勉強嫌《ぎら》いで将来が心配になる。嫁《よめ》は怒《おこ》りっぽいので家にいても気が休まらない。あと猫《ねこ》が全然懐かない。その点輪入道はものすごく懐いてくれる。顔は不気味だけど、この可愛さをみんなに伝えてやりたいなどなど――。

適当に相槌《あいづち》を打っているうちに再び眠《ねむ》くなる愁だが――ふと、感知範囲の端《はし》に気配を捉《とら》え、背筋が凍《こお》る。

「危ない！」

とっさに菌糸《きんし》大盾《おおたて》を出し、コンノと二人でかぶる。その表面にカカッ！　と硬質《こうしつ》な鏃《やじり》が当たる。

「うわっ！　ほんとに襲撃か⁉」

「コンノさん、中に入って！」

突《つ》き飛《と》ばすようにコンノを荷台に放り込み、愁は幌の上に飛び乗る。両側の輪入道は驚《おどろ》いて停止し、「ボボボ！」「ボボボ！」などと低い声でわめいている。

「アベさん！」

「イカリさん、タミコ！　コンノさんを頼《たの》む！」

二人は籠城《ろうじょう》と防衛、愁が襲撃者《しゅうげきしゃ》を対処する――レベルを考えればそれがベターなのだが、内心ドキドキが止まらない。

（ちくしょう！）

（マジで来やがったし！）

百年経《た》ってもフラグシステムが健在なのを思い知る。

（怖い怖い！）

（野盗とかマジで怖い！）

メトロ獣とはこの五年さんざんやり合ってきたが、対人戦はこれが初めてだ。前の世界でも殴《なぐ》り合《あ》いの喧嘩《けんか》なんて幼稚園《ようちえん》児の頃《ころ》の思い出でしかない。

野盗がオーガやオルトロスより強いとは思えないが、それでも相手は人間だ。なにをしてくるかわからない。

（つーか……俺《おれ》、人斬《き》れんのかな？）

左手に菌糸大盾、右手に菌糸刀《きんしとう》を抜《ぬ》く。手の震《ふる》えはぎゅっと握りしめて押《お》し殺《ころ》す。

＊＊＊

肉眼では暗くてよく見えないが、感知《かんち》胞子《ほうし》は前方に一人、右に三人、左に二人、後ろにも一人捉えている。七人だ。

フィクションなら「ヒャッハー！」的に奇声《きせい》をあげながら襲いかかってくるのがテンプレだろうが、彼《かれ》らはずっと黙《だま》って闇《やみ》に融《と》け込んだままだ。襲撃慣れしているのか、単にノリが悪いだけか。後者なら嬉《うれ》しい。

再び放たれた矢を愁は察知し、大盾ではじく。すかさず逆側から迫《せま》る二本も刀で払《はら》う。

――遅《おそ》い。

手づくりっぽい粗末《そまつ》な弓だからだろうか、今の愁の反応速度からすれば鼻歌まじりではじき落とせる。ボススライムの触手攻撃《しょくしゅこうげき》の足元にも及《およ》ばない。

指先から燃える菌糸玉を前方に投げ放つ。ボンッ！　と赤い火が爆《は》ぜ、「うおっ！」と短い悲鳴。

そちらに意識が向いた瞬間《しゅんかん》、愁は右側に降りて一気に距離を詰《つ》める。

弓持ちが一人、石器の斧《おの》を持っているのが二人。面食らって反応が遅れた弓持ちの弓を斬る。

そのまま相手も斬りつけようとして――目が合ってしまう。

男だ。無精《ぶしょう》ヒゲだらけの、汚《きたな》い身なりの、三十代くらいの。

――躊躇《ちゅうちょ》。一瞬の硬直《こうちょく》。

その隙《すき》に弓持ちが腰《こし》からナイフを抜こうとする。

（くそっ！）

愁は刀を反転させ、峰《みね》で首を殴りつける。うめき声もなく倒《たお》れるのを背に、間近に迫っていた残り二人を大盾の体当たりでまとめて吹《ふ》っ飛ばす。背中を木にしたたかに打ちつけ、動かなくなる。

ふう、と額に浮《う》かんだ汗《あせ》を拭《ぬぐ》う。

あと一歩で殺さずに済んだ。

（つーか、人間弱すぎじゃね？）

こちらの動きにまるで対応できていない。ゴーストウルフや青ゴブリンと比較《ひかく》しても遥《はる》かに劣る。

「――シャー！　こっちくんなりす！」

後ろの一人が荷台に乗り込もうとしている。ノアとタミコが応戦しているようだ。

慌《あわ》ててそちらに回り込んで――首から血を噴《ふ》いて落ちていく男の姿が目に入る。

荷台から菌糸ナイフを握ったノアが身を乗り出している。その顔には大量の返り血が降りかかっている。

(──マジか)

(殺しちゃった)

「アベさん!」

愁が目を剥《む》いて突っ立っている隙に、左側の二人が回り込んで迫ってくる。一人が槍《やり》を持って「おおおおっ!」と野蛮《やばん》なおたけびをあげながら突っ込んでくる。その後ろで弓持ちが矢を番《つが》えている。

木の棒に尖《とが》った石をくくりつけただけの槍だ、刀で軽く撫《な》でただけで両断できる。怯《ひる》んだその顔面を蹴り飛ばし、飛んでくる矢を払いのける。もう一度矢を構えようとするより先に間合いをつぶし、柄尻《つかじり》で顎《あご》を打《う》ち抜く。

「まえのやつがにげるりす!」

逃《に》がすか追うか。一瞬躊躇《いっしゅんためら》った愁だが、森のほうに逃げ込む寸前に跳躍力強化で一気に追いつき、「ひっ!」と狼狽《ろうばい》する相手を斬り伏《ふ》せる。もちろん峰で。

最後の男がどさりと崩《くず》れ落《お》ちると、間もなく森に静けさが戻《もど》ってくる。

襲撃者《しゅうげきしゃ》の全員が無力化されたことを確認《かくにん》し、「ふう……」と愁は身体に溜《た》まった重い空気を吐《は》き出《だ》す。

（楽勝、だったな）

倍の数がいても問題なかっただろう。

それでも——今までの獣相手との戦闘とはまったく別の恐怖《きょうふ》があった。

人間という生物をよく知るからこその恐怖。そしてそれを手にかけることへの恐怖。べったりと額に浮かんだ汗をてのひらで拭うが、そのてのひらも汗びっしょりだ。

「いやー……お兄さん、すごいね……」

荷台から出てきたコンノが目を丸くしている。

「ほとんど一人で……人間業《にんげんわざ》じゃないね、褒《ほ》め言葉《ことば》だけど……」

「トーゼンりす。あたいのシドーのタマモノりす」

荷台の上でドヤ顔するタミコ。

「えっと……そんで、こいつらどうしましょう？」

一人はノアが殺してしまったが、残りの六人は気を失っただけだ。捕《と》らえた野盗をどう扱《あつか》うか、この世界の常識に疎《うと》い愁には判断がつかない。

「町に連行するか——」とノア。「ここで殺すかですね。まあ、殺すのが無難ですね」

「え？　殺しちゃうの？」と愁。

「まあ、そうするしかないよね」とコンノ。

「マジすか？」と愁。

「ニンゲンまずそうりすよ？」とタミコ。


ひとまず気を失ったままの野盗どもを運び、荷車の後ろに集める。

あとは――こいつらをどうするかだ。

「イカリさん……巷《ちまた》では野盗は殺すのが当たり前なの？」

「狩人《かりゆうど》としては殺すか捕らえるかですけど、殺しておくのが一番確実だと思います。死体は反撃《はんげき》してきませんし、二度と悪さもしないから」

ノアは平然とそう言ってのける。たった今、この十八歳《さい》の女の子は人間を一人殺《あや》めた。頬には返り血がこびりついたままだ。

「人殺しって、犯罪にはならないの？　いやまあ、もちろんさっきのは完全に正当防衛だろうけど」

「都庁政府の定めたトーキョー法には殺人罪の規定があります。対象となるのは各トライブの領民や有戸籍《こせき》の町民、そして『よき自由民』です」

「よきって？」

「ちょっと曖昧《あいまい》ですけど、そのへんは都庁のさじ加減かと」

ずるい。

「あ、あたいは？　あたいはわるいまじゅうじゃないりすよ？」

ぷるぷるタミコ。

「カーバンクル族を含《ふく》む人間社会との友好協定を結んだ魔獣《まじゅう》族は、トーキョー法においては『よき隣人《りんじん》』とされ、同等の権利を持っています。魔獣族を手にかけた場合も、殺人罪とは異なりますが刑罰《けいばつ》の対象となります」

「しってたりす」

「嘘《うそ》つけ」

「一方で、野盗などの罪人や『悪《あ》しき自由民』などに関しては、その権利は保護されていません。狩人ギルドの掟《おきて》でも『狩人たる者、公《おおやけ》の秩序《ちつじょ》を守るべく力を尽《つ》くすべし』という条文があります。シン・トーキョーの平和を守る社会正義のために」

「……悪党に人権はない、的な感じか」

愁はがしがしと頭を掻《か》く。

よきだの悪しきだの、勝手に判断されても困る。

まあ、襲ってきたこいつらは「悪しき」で間違《まちが》いないのだろうが。

「彼らは問答無用でアベさんとコンノさんに矢を射かけました。つまり殺して車ごと奪《うば》うつもりだった。情けをかける必要はないと思います」

「うん……わかるよ、わかるけど……」

「ネズミとかオオカミはたくさんコロしてたべたりすけど、ニンゲンもコロしてたべるりすか？」

「いや、うーんと……食べないけどさ……」

「たべないのにコロすりすか？」

「タミコさん、お腹《なか》いっぱいのときでも獣が襲ってきたら撃退《げきたい》するでしょ？　それと同じですよ。人間を襲う人間は、獣よりも邪悪《じゃあく》で、懲《こ》りるということがありません。放っておけば、また別のところで他の誰かを襲います」

さすがのタミコも神妙《しんみょう》な面持《おもも》ちになる。

「でもさ、町までもうすぐなんでしょ？　連行して町で裁判にかける的なのは？」

「そりゃ、結局縛《しば》り首《くび》だよ」とコンノ。「どこの町でも野盗を許すことはない。ここで死ぬかあとで死ぬかの違いさ」

「死刑《しけい》確定なんすか？」

「まあ……裁判には教団も絡《から》むから、改悛《かいしゅん》の情が認められれば懲役《ちょうえき》や改宗で済むこともあるって聞くけど。つってもいきなり射かけてくるようなやつらだからな、酌量《しゃくりょう》の余地はゼロだろう」

認めないといけないのだろうか。

自分の価値観はあくまでも百年前の、カビの生えた過去の遺物であると。

この倫理観《りんりかん》はあの時代に根ざしたものであり、この時代のものではないと。

なにを置いても人命最優先という人道的な道徳観は、複雑なシステムを抱《かか》えられる包容力があればこそのお題目ということか。

まだこの世界の一端《いったん》にしか触れていないが、ここではもっとプリミティブな概念が浸透《しんとう》しているようだ。この世界に合った、この世界を守るためのシンプルな正義が。

「でもなあ……」

自分はこれまでさんざん獣を殺してきた。生きるため、食うために。

（食うための殺しと、守るための殺しと）

（なにが違うんだろう？）

（そもそも獣は殺してもよくて人間は殺しちゃダメ？）

（じゃあタミコのような魔獣は？）

（意思疎通《そつう》できるかできないかで線引きすんの？）

(なにが正しいの？　良《よ》し悪しは誰が決めんの？)

メトロ獣とやり合う際、「恨《うら》みっこなし」と愁は常に心に決めて事に臨《のぞ》んできた。相手にしてみれば「知ったことか！　末代まで祟《たた》っちゃるぞ！」と思うかもしれないが、少なくとも愁自身は生きるために命を奪う行為《こうい》に対して、逆に奪われることも覚悟《かくご》して挑《いど》んできたつもりだ。

その理屈《りくつ》に当てはめるなら、殺すつもりで襲ってきたこいつらを殺すことも、結局は変わらないのかもしれない。

だが――すでに勝負は決している。それでもあえて、食うつもりもなしにとどめを刺《さ》す――それでいいのだろうか。

「なあ、さっさと終わらせて町に戻ろう。他にも仲間がいないとも限らん」

「そうですね」

コンノの催促《さいそく》で、ノアはてのひらから菌糸ナイフをとり出す。

切っ先がわずかに震えている、ように見えるのは気のせいか。

彼女が一つ息をつき、それを振《ふ》りかぶり――

「待って、ノア」

愁がそれを止める。

「……やっぱさ。もう無力化したやつの寝首《ねくび》を掻くってさ、寝覚《ねざ》め悪いって」

「……じゃあ、どうするんです？」

「町の人たちに引《ひ》き渡《わた》そう。きちんと法律で裁く人がいるんだろ？　こっから先はその人たちの仕事にしとこう」

「お兄ちゃん、でもそりゃあ……」

「わかってます」

自分でもわかっている。もはや理屈でなく感情論だと。

要は手を汚《よご》したくないだけなのだと。

目の前で人が死ぬのを見たくないだけなのだと。

彼女にそれをしてほしくないというエゴなのだと。

「でも……うまく言えないけど、そうしたほうがいいって思うから……」

それが、今の世界にそぐわない価値観だとしても——。

ノアがナイフを下ろし、ふう、と息をつく。

「……わかりました。捕らえたのはアベさんですから、ボクはそれに従います」

「おいおい、坊っちゃん」

「すいません、コンノさん。拘束《こうそく》してスガモに連行します。この車で運ばせてください」

コンノは首をすくめ、やれやれという風に頭を振る。

「こんな、お人好《ひとよ》しの狩人は初めてだね」

＊＊＊

ノアが菌糸の紐《ひも》を出し、愁が野盗どもの手足と口を縛る。荷台にいるコンノが引き上げる。手持《ても》ち無沙汰《ぶさた》になったタミコは荷台の仕切りに座って作業監督《かんとく》という名の見守りモード。

途中で目を覚ますやつがいれば殴って眠らせておく。それくらいなら良心は大して痛まない。

「その紐のやつ、便利な能力だね」

「【白紐《しらひも》】です。あんまり戦闘《せんとう》向きじゃないですけど」

「でも、狩人の仕事向きっていうか、それだけで商売できそうな気がするけど」

「菌糸の紐ですから、一時間かそこらで朽《く》ちちゃいますけどね」

「あ、そっか」

愁の刀や盾も同じだ。その制限がなければ地上で武器屋でもやろうと思っていたが、世の中は甘《あま》くない。

「ごめんね、イカリさん。たぶん正しいのは君のほうだってわかってるけどさ」

「アベさんは優《やさ》しい人ですね」

「いや、うーん……優しさっていうより、小心のせいだと思うけど」

「……アベさんはボクを、人殺しのひどいやつだって思いますか？」

愁は手を止め、顔を上げる。ノアがまっすぐに目を向けてくる。

「そいつ、菌能持ちでした。ボクと同じ【短刀】を持って襲ってきて、生かして捕らえる余裕《よゆう》はなかった……っていうのが、あとから考えた言い訳なんですけど」

「なるほど」

確かに死体はノアと同じ菌糸ナイフを握っていた。

「それでも……殺したことには変わりません。アベさんの世界の価値観じゃあ、ボクもこいつらと同じ人殺しなんですか？」

「いや、そんな風には思わないよ。マジで」

ノアはいい子だ。そして真面目《まじめ》だ。この世界の価値観において、正しくあろうとする意思を持っていると思う。それはわかっている。

彼女はその意思に則《のっと》って、襲ってくる者を退けただけだ。狩人として。

それを横からとやかく言う資格は、少なくともなにも知らない自分にはない——愁はそう思っている。

というのは論理的な建前で、では感情的にどうかというと——確かに面食らいはしたものの、それでもノアを嫌いになどなれない。たった一日の付き合いではあるが、彼女《かのじょ》がそれを嬉々《きき》として行なうような人間ではないとわかっているから。

あるいは百年前の自分だったら、五年間も血なまぐさい地獄《じごく》を這《は》いずる生活を送っていなかったら、やはり違《ちが》う感情を抱《いだ》いていたかもしれない。

そういう意味では愁自身も、もはやあの頃の価値観で推《お》し量《はか》れる自分ではなくなってしまっているのだろう。

「ひいじいは言ってました。以前の世界では、命は今よりもずっと大事にされていたって。籠《かご》に飼われた鳥みたいに、宝箱の中の宝石みたいに」

「そうだね」

「狩人にとって死は身近なものです。怖いけど、受け入れなくちゃいけないものです。だけど、ひいじいのためにも、ボクは死ぬわけにはいかないんです。だから……これからもボクは、ボクを殺そうとする人たちを殺すと思います。それでも……ボクを軽蔑《けいべつ》しないでくれますか?」

愁は頭を掻き、何度か小さくうなずく。

「いや、軽蔑とか全然……むしろタミコやイカリさんが危ない目に遭《あ》うなら、そのときは俺だってやると思うよ。命に優先順位があるのは、今も昔も同じだから。実際そうなったらビビるかもだけど」

できればごめんこうむりたいが、そんなことを言っていられるほど平和な世界でもなさそうだ。

「むしろ、この世界じゃそういうこともよくあるんだなって、覚悟できたっていうか。うん、だから、万が一そういうことがあったときのために、ビビらないようにしとかないと。イカリさんやタミコを守らなきゃってときに、迷わないようにね」

ノアは頬をかすかに染め、照れくさそうにうつむく。

「……ありがとうございます。ノアでいいですよ」

今度は愁がボッ！　と赤面する。まさかこんな世界でＪＫ美少女に「名前で呼んで」とデレられる日が来るとは。生きててよかった。

ふと見ると、タミコが荷台で頬杖《ほおづえ》をついている。なんだかつまらなさそうにしている。

「アベシューはドーテーのくせにヤリチンりすか」

「だからカーチャン変な言葉教えすぎだろ」

野盗を荷台に詰《つ》め終える。何人かは目を覚ましてもぞもぞしているが、頑丈《がんじょう》なノアの紐でミノムシ状にきつく縛っているので、彼らの腕力《わんりょく》でほどくのは不可能だろう。一応みぞおちにワンパンして動きを封《ふう》じておく。

「そういやさ、こいつら激弱だったんだけど。荒《あら》くれ者《もの》のくせにろくにレベル上げもしてないんかね？　菌能も使えないんかな？」

仮に菌能を使えるなら、この拘束状態でも安心はできない。

「えっと……タミコさん、こいつらのレベルわかりますか？」

「ぜんいん3から5くらいりす。よわよわザコニンゲンりす」

「やっぱり。ボクが殺したやつ以外は全員〝人民〟です」

「じんみん？」

「どうがんばってもレベル10くらいが限界ですし、菌能も使えません。そもそも〝人民〟以外の菌職《きんしょく》で野盗なんかに身を落とすやつなんてごく少数派ですから」

「へー……つーかさ、その菌職ってなに？　前にも俺の菌職がどうとかって言ってたけど。〝糸繰士《いとくりし》〟？　がどうとか」

「えっと、それは……」

「あのさ、君たち――」と荷台にいるコンノ。「そろそろ出発していいかね？　こんなところで油売ってたら命がいくつあっても――」

そのとき、

愁の背筋がぞわりとする。

感知胞子の領域内へと突っ込んでくる気配。

「あぶn――」

反応より一瞬《いっしゅん》早く、目の前にいたノアが残像を描《えが》くスピードでかっさらわれる。

（はええ！）

ざざっと道の端に滑《すべ》り込んでブレーキをかけたのは、みすぼらしい身なりの男だ。両腕《りょううで》とも前腕《ぜんわん》から先がない。包帯を巻き、フックというか鉤爪《かぎつめ》のようなものをくりつけている。

男はその脇《わき》にノアを抱えている。彼女の首を肘《ひじ》に挟《はさ》んでぎゅっと締《し》めると、彼女がこくんっと力なくうなだれる。

「てめえ、俺の動きに反応しやがったな」

男が愁に目を向けてにやりとする。

「うちのザコどもじゃ歯が立たねえわけだ」

跳躍力《ちょうやくりょく》強化だ。それで横から一気にノアをさらっていったのだ。屋外での感知範囲《はんい》の狭《せま》さが仇《あだ》になった。

「おいっ！　返せっ！」

愁も跳躍力強化で反撃しようとする、

それより先に、男がぷっと口の中のものを吐き飛ばす。

それが地面に触れた瞬間、ボゥッ！　と煙《けむり》が広がる。

(煙幕《えんまく》か！)

関係ない、見えなくても感知胞子で――と思ったのと同時に、目と鼻にぴりっと痺《しび》れるような痛みが走る。

(この煙)

(毒か！)

「ひひっ。アジトで待ってらあ、返してほしかったら一人で来い。歓迎《かんげい》するぜ？」

「ざけんなコラァッ！」

煙を無視して追いかけようとしたが、後ろからタミコとコンノの咳《せ》き込む声が聞こえ、それに気をとられた隙に男は感知胞子の範囲から消えている。

煙が晴れていく。そこに、男とノアの姿はない。

「…………くそっ!!」

愁はダンッ！　と足を踏《ふ》みしめる。鈍《にぶ》い音とともに舗道《ほどう》の敷石《しきいし》が砕《くだ》ける。

再生菌糸の効力か、煙の毒の影響《えいきょう》はすぐに消える。タミコとコンノは呼吸のしづらさや身体の痺れを訴《うった》えるが、解毒《げどく》玉を食べさせると二人もすぐに回復する。

念のため輪入道にもぱくぱくと開く口に放り込んでやると、「ボォッ！」と低いうなり声で感謝？　を表してくれる。よく見れば目と鼻はただの模様で、人の顔に見えるのはシミュラクラ現象的なもののようだが、こうして餌《えさ》やりするとちょっと可愛《かわい》く見えてくるから不思議。

「よし。タミコ、追うぞ。ノアを助け出す」

「りっす！」

「ちょ、ちょっと待った。お兄ちゃん」とコンノ。「悪いことは言わねえ、いったん町に戻って加勢を呼んだほうがいい」

「なんでですか？　そんな時間ないんすけど」

若干《じゃっかん》イラついた口調になってしまう。

「あいつを見たろ？　〝腕《うで》落ち〟、つまり元狩人だ。あれはやばい、ここに寝転《ねころ》がってる下《した》っ端《ぱ》とは別モンだ」

「元狩人？」

「悪さが祟って腕を切られた、邪悪な狩人の成れの果てさ。あんたらの能力は腕がなけりゃ大半使えんのだろ？　そうしてメトロに放り込まれるって処刑《しょけい》方法が、つい最近まで一部の地域で行なわれてたらしいが……あいつはそれでも生き延びた悪魔《あくま》だ」

「なるほど」

悪魔とまで称《しょう》される存在か。多少ビビる。

ビビっているうちにタミコがよじよじと肩《かた》の上に到着《とうちゃく》する。

「タミコ、においと耳で追えるか？」

「やってみるりす」

「おいおい、聞いてなかったのか？　一人じゃ危険だ。あれはきっとこいつらの親玉だ、アジトにゃ他に仲間もいるかもしれねえ」

「聞いてましたよ。ぶっちゃけおっかないっすけど……」

それ以上に腹が立っている。

目の前でノアをさらわれた。あの男をとり逃がした。

あの勝《か》ち誇《ほこ》った笑い顔もさることながら、なによりも自分自身に腹が立っている。

油断していた。自分の力を過信していた。

誰《だれ》も手出しできなかったメトロのボスを倒し、二十階でカトブレパスからノアを救い、野盗の群れをあっさり追い払ってやった。自分の力はこの世界でじゅうぶん通用すると高を括《くく》っていた。

「ちょっとビビってますけど、それ以上にムカついてるんで……このままだと脳みそ沸騰《ふっとう》しちゃいそうなんで。ノアは俺が助けます、絶対」

コンノは呆《あき》れたように苦笑いする。

「わかった。私はこいつらをスガモの憲兵に突き出して、それから君らのことも伝えておく。もしかしたら憲兵や狩人が動いてくれるかもしれん。夜だから望《のぞ》み薄《うす》かもだけどな」

「ありがとうございます、じゅうぶんです。気をつけて」

「こっちこそありがとうだよ。君らがいなければ私は生きていなかった。またスガモで会えたら、この恩には必ず報《むく》いる。だから、無茶《むちゃ》だけはするなよ」

輪入道車がゴロゴロと走りはじめる。愁たちを励《はげ》ますように「ボォ！」とさけぶ。「ボォ！」と愁も返す。「ボォりす！」とタミコも倣《なら》う。

そうして二人は森に足を踏み入れる。

＊＊＊

月が出ていないので、森の中は真っ暗だ。

それでも感知胞子があれば木にぶつかるようなことはない。新しく踏み荒《あ》らされたばかりの獣道《けものみち》を感知して進んでいく。

タミコの嗅覚《きゅうかく》は聴覚《ちょうかく》ほど優《すぐ》れているわけではない。それでも愁の進む方向にノアのにおいが点々と続いているのを感じるようだ。間違っていない、この先にノアとあの男がいる。

（つーか、わざとだろうな）

アジトで待っている、と男は言っていた。つまりこれはお誘《さそ》いの道標《みちしるべ》、罠《わな》だ。

（あー、人間マジでこええ）

（獣《けもの》とは別の意味でこええ）

（そんで……獣の万倍ムカつくわ）

早足で十分ほど進むと、その先にかすかにオレンジ色の明かりが見えてくる。ちろちろと燃えるように照らされた木々がふつりと途絶え、突然《とつぜん》視界が開ける。

「……よお、お早いお着きだな。ひひっ」

そこは円形の窪地《くぼち》で、広場のようになっている。

焚《た》き火《び》が二つある。口から尻《しり》まで串《くし》を通された鳥が焼かれている。その周りを囲うようにみすぼらしい男たちがいる。野盗だ、全部で十人。

　愁はタミコに合図して、一人で下りていく。

「えれーじゃねえか。言いつけどおり一人で来るなんてな」

　広場の真ん中に、先ほどの男が岩に腰かけている。その後ろに――ノアがいる。マントと上着を剥《は》がされている。上半身裸《はだか》のまま、後ろ手に縛られ、うつ伏《ぶ》せに倒れている。気を失ったままのようだ。陶器《とうき》のようなつるりとした背中が露《あら》わになっている。

「小僧《こぞう》かと思ったらメスガキとはな。しかもよく見りゃ上玉だ。もうちょいゆっくり来てくれたら、俺らの楽しむ時間もあったのにな。ひひっ」

　頭領が笑うと、周りの男たちも追従《ついじゅう》する。やはりあいつがボスのようだ。

　もはや愁の視界は真っ赤だ。炎《ほのお》の色もかすむほどに。

「おっと、ストップだ。それ以上動くな、お前の大事なメスガキの命が惜《お》しけりゃな」

　部下がノアの背中に槍を向けている。愁は歯《は》噛《が》みして歩を止める。

　広場の周りに伏兵《ふくへい》はいないのは、事前に感知胞子とタミコの耳で確認済みだ。

　だが、広場の奥《おく》側には岩壁《がんぺき》が切り立っていて、そこに洞穴《ほらあな》が開いている。こいつらのねぐらだろうが、その中まではさすがに胞子が届かないので、奥にまだ仲間がいる可能性は念頭に置いておく必要がある。

「お前、名前は？」

「阿部愁」

「アベ・シュウか、いいね。所属とレベルを言え」

「所属はない。自由民ってやつだから。レベルは……よ、45」

周囲がざわっとする。

「……お前、年は？」

「に、二十八」

「二十八でレベル45か。自由民にしちゃ大層だが、なくはねえか。試《ため》し紙でもありゃよかったが……さっきの反応見りゃ、あながち嘘ってわけじゃなさそうだしな」

あまり嘘が得意なほうではないが、信じてもらえたようだ。微妙《びみょう》なサバ読み成功。

「アベ、このメスガキが大事か？」

頭領はノアのゴーグルを首に下げている。おもちゃのように指先でいじっている。

「まあね」

「ならお前には、二匹《ひき》目のイヌになってもらおう」

「イヌ？　二匹目？」

「なに、ちょっとしたガキの使いを頼みてえんだ。うまくやってくれりゃあこいつは返してやる。嫌《いや》ならいいんだけどな、このメスガキを寄ってたかって穴ボコだらけにするだけだから。いつまで正気を保てるか賭《か》けるか？　ひひっ」

彼女を人質《ひとじち》にして、なんらかの悪事を手伝わせようということか。どの時代でもクズはいるものだ。

「よし、お前の先輩《せんぱい》を紹介《しょうかい》してやる。おい、オブチ。立て」

頭領が目を向けた先に、男が一人倒れている。ぼってりとしたやや肥満気味の身体だ。

部下がその脇腹《わきばら》を何度か蹴《け》りつけると、巨体《きょたい》がのそっと起き上がる。

（……豚《ぶた》？）

彼は豚のような、ではなく豚の顔をしている。つぶらな目、平たくて大きい鼻、蝶《ちょう》の羽のような広がった尖耳。

（うおー……紅のあのヒト……）

シン・トーキョーにはこんな生き物？　人間？　もいるのか。とんでもない。

だがその顔は――何度も殴られたのか――痣《あざ》やコブや鼻血にまみれている。左目はほとんど開いていない。

「オブチ、お前に最初の仕事を与《あた》えてやる。新入りの後輩《こうはい》を躾《しつ》けろ、その拳《こぶし》でな」

オブチと呼ばれたその男が、足を引きずるようにしてゆっくりと近づいてくる。

「妙《みょう》な真似《まね》はするなよ。奥にいるお前のメスネコの抉《えぐ》り出された目ん玉と対面したくなかったらな」

「や、やめてください……ユイには手を……」

「だったら言うことを聞け。さっさと動け、ノロマのブタ野郎《やろう》が」

この豚男も狩人――そして言葉どおりなら、人質をとられているということか。

間近で見ると、その豚顔は生々しい。特殊《とくしゅ》メイクのようなものではなく、やはり本物だ。

上背は百七十五センチの愁より多少大きい程度だが、肉が厚い。肥満気味だが首も手首もがっしりと骨太だ。

愁の前に立ち、オブチは握《にぎ》りしめた拳をぶるぶると震《ふる》わせている。右目が揺《ゆ》れている。

ぷひゅー、ぷひゅー、と呼吸が荒い。

「オブチ、アベを殴《なぐ》れ。手を抜《ぬ》いたらその分、お前のメスネコを痛めつけてやる」

「そんな……」

「アベ、お前は黙って殴られろ。一発でもよけたら次はこのガキだ」

悪事を手伝わせる、その前に心を折ろうという算段のようだ。殴るほう、殴られるほう、いずれも。

「で、でも……」

「いいっすよ」

躊躇《ためら》うオブチを、愁はあえて促《うなが》す。こんなのどうってことない、と表情で語ってみせる。

内心はビビりまくっているが。

「守りたい子がいるんですよね？　お互《たが》いに」

オブチが歯を食いしばり、夜空を仰《あお》ぎ、そして目を見開く。

「……すいません」

分厚い拳が飛んできて、愁の頭が大きくのけぞる。

思った以上に重い。痛い。見《み》かけ倒《だお》しの図体《ずうたい》ではない。

「ほれ、オブチ。次」

オブチが拳をかため、もう一度振るう。愁の頬《ほお》をしたたかに打ち抜く。

「ってー……」

愁は鼻血をてのひらで拭う。ここまで思いきり殴られたのは久しぶりだ。しかもなかなかパワーがある。オーガやレイスほどとはいかないが。

「へー、結構タフじゃねえか。オブチ、意識なくなるまでぶっ倒せ」

「それは……」

「……いいっすから（よくないけど）」

下卑《げび》た男たちの薄ら笑いが並ぶ中、
ゴッ、ゴッ、と鈍い音が広場に響《ひび》く。

愁の顔面はたちまち血まみれになっていく。

「……ぐふっ……」

それでも倒《たお》れることなく、膝《ひざ》に手をついて踏ん張ってみせる。

オブチはというと、赤黒く染まった拳を震わせ、肩で呼吸している。まだ十発もいっていない。狩人からすればば息があがるほどの運動ではないだろうが、精神面の負担が大きいのだろう。

「もう、無理です……これ以上は……」

彼《かれ》の目に涙《なみだ》がにじんでいる。

「……だいじょぶっすよ、まだ……」

愁の顔は血にまみれている。だが――痣や腫《は》れは一つもない。

正確に言えば、それらはできたそばから修復されている。抜けた歯さえにょきにょき生えてきている。オブチはそれに気づいていないようだ。

「……逃《に》げてください」

「へ？」

「隙《すき》をつくります……その間に、彼女を連れて……」

「オブチ！　手を止めんな！」

「やれ！　クソブタ！」

外野から野次《やじ》が飛ぶ。オブチの握りしめた拳から血が滴《したた》る。愁の血ではない。

「でも、そしたらあんたが……」

「……僕《ぼく》はいい……ユイだけは助けたい、けど……それでも、自分のために他の誰かが犠《ぎ》牲《せい》になることを、気高い彼女は望まない……だから……」

「いやいや、やめてください」

「え？」

「邪魔なんで」

愁の感知胞子は、こそこそと動いているちっこい毛玉を捉《とら》えている。

それは広場の裏側から潜《もぐ》り込み、足音をたてずにゆっくりと野盗の足下《あしもと》を縫《ぬ》い、そして

ノアに槍《やり》を突《つ》きつけている男の背後まで到達《とうたつ》している。

時間稼《かせ》ぎはじゅうぶんだ。

愁は大きく息を吸い、さけぶ。

「やれ、タミコ！」

「ぎゃぁあああっ！」

突然の悲鳴に、その場にいる者の視線がそちらに向けられる。

同時に愁は一歩踏み出し、オブチの懐《ふところ》に入り込んでいる。

「――すいません」

握りしめた拳を、オブチのゴム鞠《まり》のような腹に全力で叩《たた》き込む。これまでの恨みもちょっとだけこめて。

オブチの巨体がくの字に折れ、「ごあっ！」と胃液を吐《は》き出しながら崩《くず》れ落《お》ちる。

「てめ――」

最初に愁たちのほうに向き直ったのは頭領だ。そいつがなにか発するより先に、愁は全力で跳躍《ちょうやく》している。

ほぼ水平に突き進む勢いそのままに、頭領に蹴《け》りを叩き込む。ガードの上から「らあっ！」と足を振り抜き、広場の端《はし》まで吹っ飛ばす。

踵《きびす》を返し、目の前で硬直《こうちょく》している二人を菌糸《きんし》ハンマーの一振《ひとふ》りで薙《な》ぎ払《はら》う。

槍持ちは左目を押《お》さえて地面に転がっている。その横ではタミコが、ノアを庇《かば》うように仁王《におう》立ちして周りを牽制《けんせい》している。その姿は愁の目にもはっきり映っている、菌能を解いたようだ。

「タミコ、グッジョブ！」

「りっす！」

タミコを肩に乗せ、ノアを脇に抱える。飛んできた矢をハンマーで叩き落とし、頭領が起き上がるのを尻目《しりめ》に駆《か》け出し、跳躍力強化で一気に広場の外へと撤収《てっしゅう》する。

「サクセンセーコーりすね」

「お手柄《てがら》だな、タミコ」

ハイタッチするオオツカメトロ卒業組。オブチの存在は想定外だったが、概《おおむ》ね作戦どおりといったところだ。

広場に入る前、二人はリスカウターでその場の戦力を把握《はあく》していた。頭領はレベル50以上、槍持ちと鉈《なた》持ちが15前後。それ以外は3〜6といったところだった。

一桁《けた》台のザコは戦力としては物の数に入らない。ノアの話が途中《とちゅう》だったが、おそらく「菌能を覚えられないやつら」だろう。

だが、レベル50の頭領を出し抜くのは一筋縄《ひとすじなわ》ではいかない。二桁が二人いるのも侮《あなど》れない。

正面から乗り込んではノアを無事に救い出せないと思った。

なので、二人の立てた作戦は、「愁が頭領の注意を引き、その隙にタミコがノアを救い出す」というシンプルなものになった。

ノアは広場のほぼ中央あたりに寝転《ね》がされていた。いくらタミコが小さくても、他のやつらに一切《いっさい》気づかれずに近づくのは困難だった——あの菌能がなかったら。

タミコ、第五の菌能、保護色。

毛色を自在に変えて周りの風景に融《と》け込ませ、身を隠《かく》す能力だ。なんらかの光学的作用のある胞子をまとう能力、と愁は推測している。

あくまでも透明《とうめい》になるわけではない。よく目を凝《こ》らせばほんのり見えるし、愁の感知胞子はごまかせない。

それでも見通しの悪い新月の夜ともなれば効果は抜群《ばつぐん》だ。スニークリスはまんまと広場の中央まで忍《しの》び込み、一番の邪魔者《じゃまもの》だった槍持ちに奇襲《きしゅう》をかけることに成功したわけだ。

「あんなやつら、ごじゅっかいのバケモンにくらべたらコオロギりす」

「それな」

あの頭領を除けばだが。一瞬の隙をついてあの男を排除《はいじょ》できたのが大きかった。

「——逃がすんじゃねえ！　なめやがって！　追うぞ！」

そのご本人の怒声《どせい》が下の広場から聞こえてくる。結構本気で蹴り抜いたつもりだったが、案外元気なようだ。

「アベシュー、どうするりすか？　にげるりすか？」

腕に抱えていたノアをそっと下ろし、狼《おおかみ》のマントをかけてやる。一瞬ちらっと目に入った豊満な乳肉は記《き》憶《おく》から消すことにする。少なくともそういう努力をすることだけは誓《ちか》う。

「タミコはここにいて。ノアを頼《たの》む」

「りす？」

「このまま逃げちゃあ、オオツカメトロ組の名がすたるだろ？」

「りっす。アベシュー、きをつけて」

「おう、任しとけ」

愁は広場の縁《ふち》に立ち、野盗たちを見下ろす。

愁の姿を見つけた彼らは、得物を構え、矢を番《つが》え、「オラァッ！」だの「殺すぞぉ！」だの小汚《こぎたな》い罵《ば》声《せい》をあげている。

愁は、べっとりと顔についた血をてのひらで拭《ぬぐ》う。ツルッとした無傷の塩顔が覗《のぞ》く。

――正直、よく我《が》慢《まん》したものだ。

もうこらえなくていいと思うと、自然と笑《え》みが浮《う》かんでしまう。

殺しを止めた愁に、優しい人、とノアは言った。

（やっぱさ、違うね）

（俺《おれ》はそんな立派な人間じゃない）

（だって今は、こんなにも八《や》つ裂《ざ》きにしてやりたい）

（こいつら全員、一人残らず）

「悪いけどさ――『逃がさねえ』はこっちのセリフだから」

指先からしゅるしゅると生み出す糸に、ふつふつと黒く沸《わ》き上《あ》がる感情をこめていく。

愁《しゅう》は眼下に野盗を見下ろしている。高低差は二メートルほどか。

ハンマーで殴りつけた二人は倒れたままだ、残りは八人。

まずは頭領以外を片づけたい。タミコに右目をつぶされた槍持ち、中央手前にいる鉈《なた》持ちの二人がレベル二桁。こいつらが最優先だ。

他に弓持ちが三人。いつでも放てるように矢を番えている。矢弾《やだま》の速度は大したものではないが、やつらの位置だけは注意しておかなければ。

思考の整理を終えた愁は、右手を握って前に突き出す。

人差し指を立てる。

「メ……」

しゅるっと人差し指に燃える菌糸玉が生じる。

「ラ……」

続けて中指に燃える菌糸玉が生じる。

「ゾー……」

続けて薬指に燃える菌糸玉が。

「マ……！」

続けて小指に以下略。

最後に親指、これで五つの菌糸玉がそろう。

夢の禁呪法が今、ここに実現。

「フィンガー、えー、あー、オラァ――ッ！」

土壇場《どたんば》で名前をド忘れしたので勢いでごまかす作戦。指先から放たれた菌糸玉が広場へとばらまかれ、けたたましい爆音《ばくおん》と五つの火柱を生じさせる。

「ぎゃぁぁあぁっ！」

「火がぁああっ！」

直撃《ちょくげき》こそ叶《かな》わなかったが、二人を爆風《ばくふう》で吹《ふ》っ飛ばし、一人の衣服に着火させる。広場は瞬《また》く間《ま》に混乱に陥《おちい》り、その隙に愁は飛び降りる。

「来たぞ！　やれっ！」

頭領の怒声にすぐに反応できたのは、やはりレベル二桁の二人だけだ。各々《おのおの》の手にした武器を振《ふ》りかぶり、愁を左右から挟むように突っ込んでくる。

菌糸製の槍が愁の胸めがけて迫《せま》る。愁は絡《から》みつくようにギリギリでかわし、脇に挟んで力任せにへし折る（思ったよりかたくて一瞬ドキッとする）。

「な――」

目を見開く槍持ちの太ももにその穂先《ほさき》を突き刺《さ》し、短くうめいたその頭に肘を打ち込んで薙ぎ倒す。

続いて鉈持ちだ、蛮族《ばんぞく》のごとく両手持ちで振りかぶって襲《おそ》いかかってくる。渾身《こんしん》の力をこめたらしきその一撃《いちげき》を、愁は指で掴《つか》んで受け止める。

あからさまに怯《ひる》む男に邪悪《じゃあく》に笑いかけ、そのまま一撃でぶっ倒――と思いきや、相手が即座《そくざ》に鉈を離《はな》し、左手に獣じみた白い爪《つめ》を生やす。鉈がリアル武器なのを怪《あや》しく思っていたが、こちらが隠し玉の菌能《きんのう》か。

「んがっ！」

目を抉《えぐ》ろうとしたそれをひらりとかわし、手首を掴む。怒《いか》りをこめてぎゅっと握りしめる。ベキッ！　と鈍い音とともに手首が魚肉ソーセージくらいに圧縮される。耳障《みみざわ》りな悲鳴をあげる男の顔面を拳で打ち抜いて黙《だま》らせる。

間髪《かんはつ》入れず、感知《かんち》胞子《ほうし》の領域に矢が侵入《しんにゅう》してくる。それを素手《すで》で払いのけ、お返しに電気玉を投げる。弓持ちの足下に着弾《ちゃくだん》し、バリッ！　と一瞬の閃光《せんこう》、ぷすぷすと焦《こ》げた弓持ちがどさりと崩れ落ちる。

「ひっ！」

地面を転げ回って火を消していた男が声を詰《つ》まらせ、踵《きびす》を返して逃げていく。それを追うように残りの二人も。

──その首を、頭領の鉤爪がするりと撫《な》でる。

水鉄砲《みずでっぽう》のように血が噴《ふ》き出して、三人が声もなく倒れる。

（うわ、味方やりやがったわこいつ）

（人気出ないタイプの敵キャラだわ）

燃える玉の延焼《えんしょう》が収まっていき、あたりは焚き火の光だけの薄暗《うすぐら》さに戻《もど》っていく。

その中で立っているのは、今や愁と頭領だけだ。

「……あっという間だな。やっぱザコは何匹《なんびき》いてもザコだわ、使えねえ」

頭領が血に濡《ぬ》れる鉤爪を舌先で舐《な》める。そして愁のほうにゆっくり近づいてくる。

狂気《きょうき》のにじむその目に、愁は一瞬気圧《いっしゅんけお》される。

獣とは違う、人間の欲望に満ちた悪意と殺意。

こんなにも不快で、穢《けが》らわしく、おぞましい。

──これから先は、未体験の領域だ。

「前言撤回《てっかい》するぜ。お前みてえな『俺はつええ、特別なんだ』って勘違《かんちが》いしてるゴミの腸《はらわた》を掻《か》き出すのが、俺のなによりの生きがいなんだ。奴隷《どれい》にするにゃあもったいねえ」

「趣味《しゅみ》わるっ」

顔をしかめながら、愁は菌糸《きんし》刀《とう》と菌糸《きんし》盾《たて》を出す。

手の震えを握り殺す。恐怖《きょうふ》を怒りで上塗《うわぬ》りする。

「ノアの言ってたとおりだな……あんたみたいなやつは、生かしといちゃいけねえわ」

広場の中央で対峙《たいじ》する二人。

にいい、と口《くち》の端《は》を持ち上げた頭領が、

「ひひ、行くぜっ」

両腕の鉤爪を構え、地面を蹴る。

＊＊＊

野盗の頭領――ムラスギがその地位に自らを落としたのは一年前のことだった。
生まれはカメイドトライブに属する小さな集落だった。そこで農民の子に生まれ、当然のごとく農民として暮らしていた。

特に不自由のない生活だった。代々保有する土地は水はけがよく良質な作物が実ったし、近くには凶暴《きょうぼう》な獣が潜《ひそ》むメトロもない。父も弟も働き者だったし、同じ集落の住民たちは家族同然の気のいい人ばかりだった。

そんな中で、彼だけが異質だった。

幼い頃《ころ》から森や山で弱い動物をいたぶることが好きだった。暴力が好きで、獣の悲鳴が好きで、血の色が好きで、腸の色が好きだった。

両親いずれも〝人民〟だったので、試し紙による検査など受けたことがなかった。〝人民〟など苦労してレベルを上げても、天井《てんじょう》は誰でも手が届くほどの高さしかない。なので積極的にメトロ獣を狩《か》ろうという気もなく、あくまでも弱い生き物をいたぶるという趣味に興じることだけに熱を注いだ。あんなまずいものをこぞって食べる狩人《かりゅうど》の気が知れない、という思いは半ば嫉妬《しっと》から来るものだった。

ところが、十五歳《さい》の頃。

罠にかけて殺した狼の胞子《ほうし》嚢《のう》を口にしたとき、偶然《ぐうぜん》にも最初の菌能が発現した。

自身が〝人民〟ではないと初めて知った瞬間《しゅんかん》だった。自分が特別な存在なのだという神からの啓示《けいじ》と受け止め、ムラスギは獣のように歓喜《かんき》した。

それからの一年間、手頃《てごろ》なメトロ獣を狩ることに没頭《ぼっとう》し、規定のレベル10まで鍛《きた》えた。

そして家族の反対を押し切《き》ってカメイドトライブ所属の狩人になった。

最初は読み書きもできない田舎者《いなかもの》の〝細工士〟と馬鹿《ばか》にされ、相棒もなかなか見つからなかった。最初の二年でレベルを18まで引き上げ、その間にギルドの職員から最低限の読み書きを習った。そうしてようやく彼に最初の相棒ができた。レベルも年も下だったが、同じく農民上がりの気のいい少年だった。

最初の一カ月は順調だった。初めての相棒に対して彼なりに気を遣《つか》い、尊重した。

しかし彼の粗暴《そぼう》さや残虐《ざんぎゃく》さは隠そうとしても隠しきれるものではなかった。大した経験値も持たない小物の獣ですら積極的に手にかけ、笑みを噛《か》み殺《ころ》しながら腹を割《さ》く姿を相棒は気味悪がりだした。

そのうちに大きな口論が何度か起こり、激高した彼は相棒を殺した。それが初めて経験した〝殺人〟だった。

喉笛《のどぶえ》を掻き切られて動かなくなった相棒の姿に、彼はこれまでの人生で一度も味わったことのない類《たぐい》の興奮を覚えた。普段獣《ふだんけもの》をそうするように死体を弄《もてあそ》ぶうちに二度も絶頂した。獣よりも強い狩人を殺すこと――これこそが自分のさがし求めていた究極の生きがいなのだと悟《さと》った。

四十歳までにレベルは55にまで達し、カメイド以外の支部でも多少は名の知れた存在になった。人生の絶頂期とも言える時期に差しかかっていた。

その手で殺《あや》めた狩人は二十人を超《こ》えた。相棒を手にかけた際はメトロ内での殉職《じゅんしょく》として報告し、証拠《しょうこ》は一切残さなかった。

だが――。

ある日、メトロの中で一人で行動していた狩人を襲おうとしたところで、他の狩人にとり押さえられた。

前々から彼は、水面下で同僚《どうりょう》たちから疑いをかけられていた。彼が手にかけようとした「うまそうな獲物《えもの》」は、有志たちが悪魔の正体を暴《あば》くために用意した囮《おとり》だったのだ。

レベル差はともかく、多勢に無勢だった。彼はその場で袋叩《ふくろだた》きに遭《あ》った。

全身を打ち据《す》えられ、足を折られ、首を刎《は》ねられる寸前、彼は狩人たちに命乞《いのちご》いをした。もう二度と人は殺さない、獣の腸で我慢するから、と。

狩人たちは彼の両腕《りょううで》を切断した上でその望みを叶えた。そこはメトロの奥深《おくふか》くであり、その状態で彼が逃げおおせる確率は皆無《かいむ》に等しかった。さんざん陵辱《りょうじょく》してきた獣たちに食われ、メトロに還《かえ》る。それが下衆《げす》に与えられる最大の贖罪《しょくざい》の機会だと言い残して、狩人たちは去っていった。

結果として彼は生き延び、メトロを脱出《だっしゅつ》した。

いくらかの幸運と、恐《おそ》るべき憎悪《ぞうお》と執念《しゅうねん》のなせる業《わざ》だった。

両腕を失い、狩人としての立場を失い、獲物を殺すための菌能も奪《うば》われた。

それでも彼は諦《あきら》めなかった。人里離れたところで傷を癒《い》やし、腕を失った身体でも戦う術《すべ》を模索《もさく》した。故郷であるカメイドを離れ、遠いオオツカの地にたどり着き、そこで無能な野盗どもをまとめ上げた。

第二の人生を楽しめる幸運を、彼は〝糸繰《いとく》りの神〟とやらに感謝していた。

最初に捕《と》らえられたのがオブチだったのもそうだ。所持していた金品の価値だけでなく、自身よりもその相棒を大事にする気質は奴隷にもってこいだった。

腕もそれなりに立つ、来《き》たるべきスガモ市襲撃《しゅうげき》のための貴重な駒《こま》になると思った。

ムラスギの目的――それはスガモ市長の邸宅《ていたく》を襲撃し、秘薬を奪うことだった。

以前捕らえて殺した商人から仕入れた情報だ。市長の娘《むすめ》は大病を患《わずら》っている。数十年前までは呪《のろ》いとさえ呼ばれた、体内の菌糸が硬化《こうか》してやがて死に至る難病だ。

その治療《ちりょう》のためにと市長は各地からあらゆる薬をとり寄せていた。その中には失われた手足すらトカゲのごとく再生できるという秘薬も含《ふく》まれているらしい。

それを手に入れれば――狩人たちに奪われた腕を、力を、とり戻すことができる。

スガモの警備は厳重だ。〝人民〟の部下が百人いたところで憲兵や狩人に蹴散《けち》らされるのがオチだろう。

だが、狩人の駒がいれば別だ。夜闇《よやみ》に乗じてこっそりと潜入《せんにゅう》し、邸宅に奇襲をかけ、秘薬や財産を奪うことができる。そのためにもまずは、使える駒を増やす必要があった。

そして今日、新たに見つけた狩人。部下たちをものの数秒で退けた戦いぶりを目にして、なかなか使えそうだと思った。

そのために一瞬《いっしゅん》の隙をつき、やつの相棒をさらった。

案の定そいつは一人で乗り込んできた。これで二つ目の駒を手に入れたも同然――そのはずだったのに。


「……予定変更《へんこう》だ」

目の前にいる男は、【戦刀《せんとう》】や【跳躍】だけでなく【火球《かきゅう》】や【雷球《らいきゅう》】も使う。明らかに上位菌職《きんしょく》だ。レベル45と言っていたが、身のこなしはそれ以上のものを感じる。

奴隷にするには危険すぎる。振るえば怪我《けが》する刀など必要ない。

ここで始末しなければいけない。

ムラスギは左の鉤爪《かぎつめ》の先端《せんたん》に付着した血を舐めとる。アベの視線をこちらに誘導《ゆうどう》しつつ、右の鉤爪を腰《こし》に結んだ袋《ふくろ》に突き刺す。さらさらと粉がこぼれる。麻痺性《まひせい》毒のザブンタケの粉末だ。少女の狩人をさらった際の煙幕《えんまく》に混ぜたのと同じものだ。

切っ先に黄色い粉をたっぷり付着させる。血管から直接毒を入れられれば、たとえ【毒耐性《たいせい》】を持っていたとしても行動に支障をきたすだろう。

一分後に動けなくなったこいつの腸をかき回すことを想像し、ムラスギは舌なめずりをする。

「ひひっ、行くぜ」

【跳躍】。腕《うで》を奪われた今のムラスギが使える、数少ない菌能だ。

地面の上を滑《すべ》るように一気に間合いを詰《つ》め、鉤爪を走らせる。

一掻きだ。それで勝ちは決まる。

アベの【戦刀】が鉤爪とぶつかる。鉤爪を断《た》とうとした太刀筋《たちすじ》だが、ギャリリッ！　と耳障りな音とともに鉤爪が絡みつき、刀を斜《なな》めに払い落とす。

「ひゃあっ！」

もう片方の鉤爪を振るう。アベは律儀《りちぎ》に【円盾《まるたて》】で受けるが、ムラスギは表面をガリッを浅く滑らせ、【戦刀】を握るアベの伸《の》びた腕を狙《ねら》う。

「くおっ！」

その寸前でアベが足蹴《あしげ》で突き放すようにして距離《きょり》をとる。

(――防ぎやがった)

かなり強引《ごういん》だ。まるでかすり傷さえ嫌《きら》ったかのように。

「……あのさあ、毒でしょ？　さっきこそこそやってたの」

肌《はだ》が粟立《あわだ》つ。

(なぜ気づきやがった？)

粉末を付着させたのは完全に死角だったはずだし、この暗がりで先端に付着した粉の色を視認《しにん》できるとも思えない。

「……ひひっ、だからなんだっつんだ？」

ムラスギは開き直り、笑う。左の鉤爪も袋に突き刺す。

「俺は腕がこんななんだぜ？　少しくれえハンデくれてもいいだろ？」

「そうだね。一人じゃケツも拭《ふ》けないもんね」

「ひひっ、そうでもねえさ。慣れりゃあ――」

会話を遮《さえぎ》るように、今度はアベのほうから距離を詰めてくる。鋭《するど》い振り下ろしだ。

鉤爪を交差して受け止めるが、打ち込みが重い、そのまま押し込まれる。鉤爪を断つのが狙いか、「らあっ！」とそのままアベが力任せに振り抜く。

しかし、ギギッ！　と刃《は》が通りすぎても、鉤爪はほんのわずかに傷がつく程度だ。

（ひひっ、俺の自慢《じまん》の腕だからな）

高レベルの菌糸武器は鉄や鋼をも断つ斬《き》れ味を誇《ほこ》る。だがムラスギのこれは、メトロの深奥《しんおう》部でのみ採掘《さいくつ》できる魔《ま》鉄骨《てっこつ》を削《けず》り出した逸品《いっぴん》だ。菌能を失う前から愛用し、数えきれないほどの獣《けもの》や人間の血を吸わせてきた。

ムラスギはそれを、腕の骨に直接刺した上で包帯と革《かわ》ベルトで固定している。今や名実ともに肉体の一部なのだ。

驚《おどろ》くアベの顔面にお返しの一撃を繰《く》り出す。やつは「んがっ！」と首をのけぞらせてかわすが、後ろにバックステップしたところをムラスギが前へ詰める。

リーチはムラスギのほうが短い。離れれば不利だが、逆に懐はこちらの土俵《どひょう》だ。

「くあっ！」

案の定、アベは刀を振れずに攻《せ》めあぐねる。

至近距離から縦横無尽《じゅうおうむじん》に襲いかかる鉤爪を、それでもアベは盾ではじき、俊敏《しゅんびん》な反応でかいくぐる。

（とんでもねえ反射神経だな）

（マジでレベル45かよ？）

（むしろ俺より速くねえか？）

「――けどな」

立ち回りを見ればわかる。アベは対人戦闘《せんとう》の素人《しろうと》だ。

頭の悪い獣としかやり合ったことのない、典型的な狩人馬鹿《かりゆうどばか》だ。

鉤爪に注意を向けさせ、半歩踏《ふ》み込んで足をかける。アベがわずかに体勢を崩した瞬間、鉤爪がその腕を狙う。

――と、ギィンッ！　と鉤爪がはじかれる。生身の腕で払いのけられた。

（なに？）

アベの拳が――手首から先が銀色に煌《きら》めいている。金属の皮膚《ひふ》で覆《おお》ったかのように。

【鉄拳《てっけん》】かよ）

（つーかこいつ）

（いくつ菌能持ってやがんだ？）

【戦刀】、【戦鎚《せんつい》】、【跳躍】、【火球】、【雷球】、【円盾】、そして【鉄拳】。

少なくとも七つ。

（上位菌職なのは間違《まちが》いねえが――）

（ちょっとばかし多彩《たさい》すぎやしねえか？）

【戦刀】と【円盾】が主軸《しゅじく》なあたり、〝聖騎士《せいきし》〟なのは確定だろう。だがそれ以外の系統も使い勝手のいい能力が目白押《めじろお》しだ。今のムラスギには眩《まぶ》しすぎるほどに。

「……ずりいじゃねえかよ」

こちらはそのほとんどを奪われて、使えるのは【跳躍】と【聞耳《ききみみ》】だけだ。

憎悪と嫉妬が胸の内で燃える。怒りで身体が震える。噛み締《し》めた歯がみしみしと軋《きし》む。

なにがなんでもこいつを殺す、そうしなければ気が収まらない。

必ず毒を入れてやる。そうして動けなくなったところで腹をかっさばく。生きたまま一つずつ内臓を引きずり出してやる。

決めた、必ずそうしてやろう。

そうしなければ、明日はない。


「――別に舐めプしてたわけじゃないんだけどさ」

アベが刀と盾を地面に捨てる。

「いや、してたんかな。ステの暴力で楽勝だろとか、そんな腕してるあんたにこれ使って勝っても嬉《うれ》しくないかもとか。甘《あま》いよね、タミコに怒《おこ》られちゃうよね」

毛皮の外套《がいとう》を脱《ぬ》ぎ捨《す》て――背中から生じた糸の束が、一対《いっつい》の腕の形をなしていく。

（あ、【阿修羅《あしゅら》】）

（まさか、そんなレアスキルまで――）

アベ自身の腕は【鉄拳】で硬質化《こうしつか》している。拳同士をガツガツとぶつけ合わせる。

「本気でやるよ。ようやく地上に出られたその日に、舐めプでゲームオーバーなんて草も生えないし」

菌糸腕《きんしわん》の指先から菌糸玉が放たれる。二人の間の地面に落ちた瞬間、ボンッ！　と煙《けむり》を生じさせる。

（【煙玉《けむりだま》】か！）

たちまちあたりが灰色に包まれる。

ムラスギは耳を澄《す》ます。聴覚強化《ちょうかくきょうか》――【聞耳】で空気の動きを察知する。

ブンッ！　と菌糸腕が顔面すれすれを通過する。わずかにかすって耳が半分ちぎれる。

二撃目はかわせない。腕をクロスしてガードする。骨まで響く衝撃《しょうげき》を、後ろに飛んで吸収する。

煙の範囲《はんい》から飛び出す形になり、着地して構え直す。続いてアベものそりと出てくる。

「なんでガードできたの？　煙ん中で見えてたの？」

アベが呑気《のんき》な口調で言う。

（そりゃ）

（こっちのセリフだろうがよ）

それがムラスギの神経をさらに逆撫《さかな》でする。

「……ふざけんなよ……」

「え？」

「ざけんじゃねえ！」

怒りに身を任せ、ムラスギは地面を蹴《け》る。

【跳躍】。自身の出せる最大速度での突進《とっしん》。数メートル手前でふんばって制動をかけ、地面を這《は》うようにアベの左側に回り込む。

左の鉤爪で地面を抉《えぐ》る。舞《ま》い上がった土がアベの顔面に降りかかり、その隙にムラスギは懐に潜り込む。

「死ねぁっ！」

鉤爪を振り上げる。そして――視界が高速でブレる。

横に吹っ飛ばされ、背中から地面に叩きつけられ、ごろごろと無様に転がる。

「あがっ、がっ……！」

一番下の肋骨《ろっこつ》が折れている。拳《こぶし》の形の打撃痕《だげきこん》がくっきりと刻まれている。【鉄拳】による殴打《おうだ》だ。

煙幕の中で正確に狙ってきた。目つぶしも通用しなかった――顔についた土を今頃《いまごろ》になって払っている。

見ずに反応したというのか。同じ【聞耳】持ちだとしても、あのタイミングで正確なカウンターを打てるものか。

「名前わかんないから〝鉄拳〟って呼んでるけど、文字どおり鉄拳制裁だわな」

「……てめえ、菌能いくつ持ってやがんだ？」

どうにか立ち上がり、ダメージ回復の時間を稼ぐために言葉を投げかける。

「いくつだろうね。まだあるけど、もう終わりにするよ」

ムラスギは歯を食いしばる。先ほどの一撃が身体の芯《しん》にまで響いている。膝が笑う。

それでも――怒りはさらに満ちていくばかりだ。それが痛みを押し殺し、意識をどす黒く染めていく。

「……ふざけんな……」

「へ？」

「てめえらは――俺からまた奪うつもりかよ！　群れなきゃなにもできねえカスどものくせに！」

「自己紹介《しょうかい》ですか？」

「俺は特別なんだ！　ソロでミナミスナメトロを踏破《とうは》した、レベル55にも到達した！　腕がありゃあ達人にだってなれた！　この世に認められた一握《ひとにぎ》りの才能なんだよ！」

「はあ」

「二十人以上の狩人をぶっ殺してきた！　てめえらじゃビビってできねえことも俺ならやれんだ！　だから殺していいんだよ、殺したいだけ殺すんだよ！　誰《だれ》にも邪魔させねえ、もう二度と俺からなにも奪わせねえ！」

「無茶苦茶《むちゃくちゃ》言ってんね」

「腸見せろよ！　てめえのクソの詰まったクソなげえやつをよぉ！」

ムラスギが跳躍する。最大速度はとうに超えている。低く低く、上段からの攻撃《こうげき》がメインとなる菌糸腕をかいくぐるように。

振り上げた鉤爪が、アベの顎《あご》に突き刺さる、

――寸前で、菌糸腕がムラスギの右腕《みぎうで》を受け止める。

一条《いちじょう》の光が走る。

折れた鉤爪が後ろに飛んでいく。

（――は？）

（馬鹿な、魔鉄骨だぞ）

信じられない、それでもムラスギは怯まない。すかさず左腕《ひだりうで》で薙ぎ払う。

バキッ！　と左の鉤爪も折れる。根元の肉と骨が破れ、血を撒《ま》き散《ち》らす。

そのとき初めて、アベの拳が青白い光をまとっているのに気づく。その手刀で鉤爪を折ったのだ。

（──【光刃《こうじん》】？）

（嘘《うそ》だろ？）

その拳がムラスギの腹を突《つ》き上げる。「がはっ！」とムラスギの口から血の混じった胃液が吐き出される。

「お前が倒《たお》れるまで！　殴《なぐ》るのをやめないッ！」

容赦《ようしゃ》なく振り下ろされる四つの拳。ムラスギの顎を、肩《かた》を、胸を、こめかみを、全身を打ちつける。でたらめな拳筋でも一発一発が信じられないほどに速く重い。

自慢の鉤爪を失い、ズタボロに打ちのめされ、

「がぁああ───っ！」

それでもムラスギは膝《ひざ》をつかない。

顔を上げ、吠《ほ》える。途切《とぎ》れた鉤爪の切れ端を振りかぶる。

「――――」
その胸に、
貫手《ぬきて》の形に変えた【鉄拳】が突き刺さる。
指先が皮膚を破り、肋骨を割り、肺に達する。
「――あ」
貫手が引《ひ》き抜《ぬ》かれる。
同時に、血が噴き出す。身体から力が抜けていく。
「――言い忘れてたけど、俺ほんとはレベル66なんすわ」
視界が暗くなる。
感覚が失われ、気づいたら倒れ落ちて空を見上げている。
（――ざけんな）
奪われるのか。またしても。
地獄《じごく》から這い上がって、またここまで積み上げたのに。
（ざけんな、ざけんな！）
（こんなガキに！）
（俺が、この俺が、俺g――）

「――もう壊《こわ》れちゃったのか。つまらない」

頭の中で声がする。

「もっと彼《かれ》のキラキラを見ていたかったのに」

聞き慣れない声。男とも女ともつかない、奇妙《きみょう》な声音《こわね》だ。

もはや目も耳も機能していないはずだ。なのに、頭の中に直接響《ひび》くように、とてもはっきり聞こえる。

（誰だお前？）

「君の中に、えーと、間借り？　してた者だよ。ああ、君のおかげで言葉を憶《おぼ》えられたんだ」

（間借り？）

「ありがとう、思ったことをきちんと言葉にできるって、こんなにも楽しいことなんだね。とても感謝してるよ。なによりよかったのは、あの毛なし猿《ざる》の名前が知れたことかな。アベ・シュウっていうんだね」

（なにを言ってる？）

（なんだお前？）

「いつもなら私もここでいったんおしまいで、適当に他の個体に移るだけなんだけど。せっかくだから、彼と直接触《ふ》れ合《あ》ってみたいと思って」

（なんの話だ？）

「というわけで――ほんの短い間だったけど、お世話になりました。君の身体もらうね。いいよね？」

（どういう意味だ？）

「私自身の意思で生身を動かすのって初めてだから、たぶんぐちゃぐちゃになっちゃうけど、どうせもう使いものにならないんだし、構わないよね？」

（やめろ）

「えーと、君が殺した相手にかける手向《たむ》けの言葉？　私が言ってあげる。『お前の死体で楽しませてもらうぜ』」

（これ以上、俺から奪うな）

（やめろ、やめてくれ――）

「あはは」

ぷつん、と意識が途切れる。その先には光も音もない闇が永遠に続いている。

＊＊＊

動かなくなった頭領の身体を見下ろして、愁はふうっと息を吐《は》き出す。

（――……結構強かったな）

（レベルだけなら一回り下だったのに）

ひたすら戦いづらかった。経験と技術の差、といったところだろうか。

リーチのある武器に臆《おく》することなく懐《ふところ》に飛び込んでくる相手には、どうしても刀では対応しづらかった。

ボススライムを倒して得た第十七の菌能、鉄拳。

メトロ脱出の道中では試《ため》しに数回使った程度だったが、今回は相手の戦いかたとうまく噛み合ってくれた。

（最初から菌糸腕を使えば）

（もっと楽できたんだろうけどね）

舐めてかかったつもりはないが、やはり甘さのせいだろうか。意地というかプライドというか、不定形で非合理的な感情によるものだ。腕を失った相手に対して腕四本で挑《いど》むというのは、たとえ勝ったとしてもすっきりしないものが残るかも、と。

レベル差的にもなんとかなりそうだという計算があったのも事実だが、それも含めて油断というものだ。相手は毒を使っていた、万が一が起こる前に対処すべきだった。

(まあ俺《おれ》、再生菌糸《きんし》で毒効きにくいんだけど)

(解毒玉《げどくだま》もあるけど、絶対ってわけでもないしね)

深く反省して、うちのちっこい上官にこってり叱《しか》られよう。

気をとり直してあたりを見回す。

頭領を含め、この場に倒れているのは十人。

――オブチの姿がない。頭領と戦う前には倒れているのを確認《かくにん》したのに。

逃《に》げたのだろうか。いや、仲間をとり戻しに行ったのだろう。

彼を殴り倒したのはとっさの判断だった。共闘《きょうとう》の形になれば彼の人質《ひとじち》に惑《まど》わされるし、万が一にも敵に回られるようなことになれば脅威《きょうい》だった。しこたま殴られて若干《じゃっかん》ムカついていたのも事実だが。

ともあれ、これで終わりか。

殴り倒した部下はまだ息があるようだ。正直殺してやりたいとは思ったが、やはりその直前で手加減をしてしまった。

だが、目の前に倒れている頭領はもう動かない。左胸にぽっかりと穴を開け、漏《も》れた血が地面に広がっている。

（あー……）

（死んじゃったね、こりゃ）

（これで俺も……人殺しかあ）

恨《うら》みっこなしと宣言するのを忘れていた（まあ恨みというか憎《にく》しみがあったのは事実だが）。化けて出てくれないことを願うしかない。

「優《やさ》しい人だーとか言われてた一時間後にはこれか、はは……」

罪悪感というよりは「あーあ」「やっちゃった」的な思いのほうが強い。そして妙《みょう》に冷静だったりする。それがむしろ怖《こわ》くもある。

寝《ね》る前とかにぐちぐちと悩《なや》むパターンかもしれない。あるいは「そんなもんだよ」とすっぱり割り切れるのかもしれない。どちらにせよ、もう引き返せないのは確かだ。

（もう真っ当な仕事には戻れないかなあ）

「アベシュー！」

『アベさん！』

ノアとタミコが広場に下りて駆《か》け寄《よ》ってくる。

「ノア、だいじょぶ？」

「あ、はい……その、ありがとうございました。二度も命を救ってもらって……」

「いやいや、そんな……」

「というか、さすがですね。あの頭領の男、〝腕落ち〟とはいえレベル50以上だったって

タミコさんが……」

「確かに強かったね。毒が効かない体質じゃなかったら、ちょっと危なかったかも」

「あたいたち、ヒヤヒヤしながらみてたりす。きんしわん、なんでさいしょからつかわな

かったりすか?」

「いや、まあ……意地っつーかなんつーか……すいません……」

「チョーシこきモードはケガのもとりす。あとでペナルティーりす」

「イエッサー」

ちなみにペナルティーは「上官が満足するまで誠意をこめてこしょる」。質量ともにお

ざなりでは到底《とうてい》達成しえない難関だ。

さて。

後片づけをして、さっさと町に行きたい。コンノも心配しているだろう。

疲《つか》れたし腹も減った。これまでの苦労の垢《あか》を風呂《ふろ》で落とし、ふかふかの布団《ふとん》で寝るとい

う最高のご褒美《ほうび》を味わいたい。

「んでこいつら、生きてるやつらどうすっか？　町に行って憲兵連れてくる？」

「その間に逃げられちゃうかもですね。全員とどめを刺《さ》す……っていうのは、アベさん的にはなしですか？」

「うーん……つってもじゃあ連行するっても、車はおろかリヤカーもな——」

ノアと、その肩に乗るタミコが目を見開いている。

嫌《いや》な予感とともに振《ふ》り返《かえ》ると、背後で一人、起き上がっている。


——頭領だ。


膝は糸繰り人形みたいに力なく曲がっている。途中《とちゅう》で折れた鉤爪がただの棒になって腕にぶら下がっている。

首はこくんとうつむいたままで、表情は見えない。

立ち上がりはしたものの、そこから動こうとしない。生気も殺気も感じられない。

「タミコ、ノア、下がって」

二人を背に庇《かば》い、身構えながら、愁はまず再生菌糸の可能性を考える。

この能力が自分一人の専売特許などと思ったことはない。他の人が使えても不思議ではないだろう。

だが、胸の穴は開いたままだ。再生されている様子はない。

「……キ、キキ……」

かくん、と頭が横に九十度倒れる。そしてゆっくりと背筋が伸びる。

目からとめどなく赤い涙《なみだ》が溢《あふ》れている。口や鼻からもだらだらと血が流れている。

ギシュッ、と肩が鈍《にぶ》い音をたてて膨《ふく》れ上《あ》がる。

のたうつように身体が身震《みぶる》いするたび、関節がありえない方向に曲がり、あちこちの筋肉が盛り上がっていく。

愁と同じ程度だった上背が、遥《はる》か見上げるほどまでに伸びていく。

「……どうしてそんなにおっきくなっちゃったんですか……？」

頭領は答えない。ゴキゴキと丸太のような首を振って鳴らすだけだ。

どしん、と腕を地面につく。四足の大型獣のような姿に変わった頭領は、首を持ち上げ、べったりと垂れ下がった黒髪《くろかみ》の隙間《すきま》から白目まで真っ赤に染まった目を覗《のぞ》かせる。

その目に射すくめられて、愁の身体は凍《こお》りついたように硬直《こうちょく》する。

(恨みっこなしって言い忘れたから)

(マジで祟《たた》られちゃった感じ？)

（タタリ神様！　みたいな？）

「キ、キキ……キレイナノ……ミセテ……」

ほとんど口は動かないまま、その喉《のど》の奥《おく》から声が漏れ出る。平板で無機質で、人のものとは思えない低い響きだ。

＊＊＊

「ノア……これも菌能なの……？」

愁は振り返らずに、怪物《かいぶつ》に変貌《へんぼう》した頭領から視線を離《はな》さずに尋《たず》ねる。

「……いえ、違《ちが》うと思います……ボクも、これは……」

「みっ……みえないりす！」

「タミコ、レベルは？」

「へっ？」

「わかんないりす！」

「マジ⁉」

今までそんなことは一度もなかったのに。

タミコのリスカウターでも測れないナニカ――。

死と隣《とな》り合わせの五年間を生き延びてきた愁の危険度センサーがギュロロロと不快音をがなりたてている。

（これは――人でも獣でもない）

（もっとなにか――やべーやつだ）

恐怖《きょうふ》を感じていられる余裕《よゆう》さえない。やらなければ死ぬ。確実に。

愁は左手に菌糸大盾《おおたて》を、右手に菌糸刀を、背中の菌糸腕に二刀を握《にぎ》り、それらに胞子光《ほうし》をまとわせる。ボススライムと戦ったときと同じスキル構成、これが愁の「本気の全力」の姿だ。

「二人とも、離れてｒ――」

愁が言い終えるより先に、頭領が四足をぐっと縮め、地面を蹴る。かすかな星明かりが巨大《きょだい》な影《かげ》に覆われる。

間一髪《かんいっぱつ》で飛《と》び退《の》いた直後、愁の立っていた場所がズドンッ！　と割れて陥没《かんぼつ》する。衝撃と震動《しんどう》でざわざわとあたりの鳥や獣が騒《さわ》ぎだす。

もうもうと舞う砂埃《すなぼこり》の中心で、怪物の背中にボコボコとコブが生じ、皮膚を突き破って無数の腕が生えていく。赤白の、筋繊維《きんせんい》と菌糸を撚《よ》り合わせたような腕だ。

それらが血まみれの五本の指を広げて夜空に昇《のぼ》り――ぶわっと愁に向かって流星のように降りそそぐ。

「マジかっ！」

怒涛《どとう》のごとく押《お》し寄せる腕を、愁は三振りの光る刃で斬り払《はら》う。それでもすべてを捌《さば》くのは無理だ、たまらず広場のへりまで跳《と》んで逃げる。

しかし腕がぎゅんっと方向転換《てんかん》し、地面スレスレを這うように追撃《ついげき》してくる。「こわっ！」とギリギリで避《さ》ける、その背後に腕の雨が突き刺さる。

「ばっ、化け物！」

「なんだこりゃ！」

野盗の部下たちが目を覚ましたのか。腕がそれに反応し、ぎゅんっと狙いを変えて部下たちに掴《つか》みかかる。

「ひゃあああっ！」

頭領の口がぶわっと膨れ上がり、鷲掴《わしづか》みにして引き寄せた部下をまとめて二人、バクッと喉の奥に放り込む。首がイモムシのように蠕動《ぜんどう》して腹に収め、大きなげっぷをする。

「あああああああっ！」

広場はたちまち阿鼻叫喚《あびきょうかん》、他の部下たちも傷《いた》んだ身体を引きずりながら逃げ惑う。それを頭領がのしのしと追いかけ、触手《しょくしゅ》の腕で捕らえにかかる。

別にやつらを助けるつもりはない。隙《すき》だと思っただけだ。

愁は後ろから背中に飛び乗る。腕を根元から薙《な》ぎ払い、腰を屈《かが》めて「ふっ！」と刀身の半ばまで突き刺す。

（やったろ！）

（つか、これで死んで！）

頭領の動きが止まる。「ギッ！」と引きつった悲鳴のような声が聞こえる。

「――うおっ！」

ズタズタになった背中の表面が爆《は》ぜ、再び腕が生じる。後方に着地した愁を追いかけてさらに伸びてくる。栄養豊富なプランクトンの渦《うず》を狙う魚の群れのように。

（絶対心臓突いたのに！）

（なんで死なねえの⁉）

（つーかはええ！　追いつかれる！）

とっさに燃える玉三つを投げ放つ。腕の束が爆ぜ、何本かちぎり飛ぶが、それでも勢いは止まらない。

一度は横に転がって回避《かいひ》する。だが腕の束は直角に近い方向転換をして再び迫《せま》る。

愁はバリッと歯を食いしばり、大盾を前に構える。

視界を覆い尽《つ》くすほどの密度の攻撃を、正面から受け止める。

勢いにはじき飛ばされる――が盾で勢いを後ろに逸《そ》らし、身体を真上に持ち上げる。

「らあっ！」

回転しながら腕を斬りつける。三本の青白い太刀筋が腕の束を両断し、どす黒い体液がこぼれる。

そのまま腕の束を足場に着地し、胴体《どうたい》へ続く世界一気持ち悪い道を駆けだす。

(胴体がダメなら)

(頭しかねえだろ！)

感知胞子が背後に迫るものを捉《とら》えている。

切られた腕が再生し、Uターンして愁を追っている。

それでも愁のほうが一歩早い。

腕に追いつかれる寸前で跳躍《ちょうやく》し、頭めがけて刀を振り下ろす。

渾身《こんしん》の一撃《いちげき》が硬質《こうしつ》な衝突音《しょうとつおん》を響かせる。

「――マジか」

愁の刀は頭領の歯に文字どおり食い止められている。

光の刃が口角に多少食い込んでいるが、それでも顎を切り離すには至っていない。今度は頭領の首筋からずりゅっと腕が生える。愁がとっさに構えた大盾を掴み、力任せに叩《たた》きつける。

「がっ――」

背中から地面に落とされ、息が詰《つ》まる。衝撃で目がくらむ。

仰向《あおむ》けになった愁の頭上から無数の腕が降ってくる。とっさに菌糸腕の手を地面につき、愁の身体を引っ張って頭の方向へと滑らせる。それでもすべてはかわしきれず、片耳と脇《わき》腹《ばら》を抉《えぐ》られる。

「……ウデ、ウデ……ホシカッタノ……」

「……は?」

愁は首をかしげつつ、その隙に痛みをこらえて体勢を立て直す。

「イッパイ、アッテ、ヨカッタネ……」

「……はい?」

もはやなにを言っているのかまったく理解不能だ。

もうなにがなんだかわからないが、目の前に立ちはだかっているのが正真正銘《しょうしんしょうめい》の怪物であるのは明白だ。

そして愁はというと、なにげに補給を忘れて久しい。最後にものを食べたのは、車に乗る前に干し肉をかじったくらいか。

もう一度刀を三本、大盾を一枚出す。胞子光をまとわせたところで身体がずしりと重く感じられる。空腹と疲労《ひろう》の蓄積《ちくせき》が無視できないほどになってきている、抉られた傷の再生も心なしか鈍い。これ以上長引かせるのは危険だ。

「……モット、ミセテ……キレイナノ……アベシュウノキラキラ……」

名前を呼ばれ、愁の背中がぞわりと粟立つ。

「……ホラ、ウデ、ミテ……オシリカラモデルヨォオオオ！」

宣言どおり尻《しり》から腕《うで》が伸《の》びてくる。赤白まだらの無数の腕が。

愁はギリギリまで引きつけて横にかわし、菌糸腕の振り下ろしで断《た》つ。

そのまますれ違うように距離を詰め、大盾を投げつける。

フリスビーのように回転しながら飛んでいくそれを、頭領が頭を振ってはじく。

その隙に愁は頭領の真下に潜《もぐ》り込んでいる。

（背中がダメで）

（頭も防がれるなら）

（腹しかないじゃない）

「あああっ！」

スライディングしながら胸から腹、下腹部へと切り開き、股《また》の間から出て向きを変える。血が大量にこぼれ、腸がぼたぼたと垂れ下がる――だがそれでも頭領は意に介《かい》さずにずしずしと足踏《あしぶ》みして向き直る。

「……いやいやいや……」

（バケモンつーか）

（もはやゾンビとかそっち系やん）

「アベさん！」

「アベシュー！」

ノアとタミコが頭領を挟《はさ》んだ向こう側にいる。挟撃《きょうげき》するつもりか。

「手ぇ出すなっ！　隠《かく》れてろっ！」

頭領の尻近くから腕が生じ、ノアとタミコへと伸びる。

間一髪でそれをかわしたノアだが、追撃の腕がその身体を薙ぎ、吹《ふ》っ飛ばされる。

「ノアっ！」

愁の指先から放たれる電気玉×２。赤白腕がそれらを払いのけた瞬間《しゅんかん》、バチチッ！　と閃光《せんこう》が爆ぜて電流が走る。

束《つか》の間《ま》の硬直。その間にタミコと起き上がったノアが距離《きょり》をとっている。

しかし電撃《でんげき》のダメージのほうはほとんどないようだ。愁のほうに向き直り、品定めするように赤い目でギロギロと舐《な》め回《まわ》す。「……べべべ……アべべべ……アべママママ……マブシイヒカリ……」

「どうしたら死んでくれんだよ……」

やはり頭をつぶすしかないか。

立ち回り的に、あそこが一番警戒《けいかい》されている。ということは弱点である可能性も高い。

(隙がほしいな)

できれば二・三秒くらい。

防御《ぼうぎょ》をかいくぐって渾身の一撃をくらわせるために。

「――アべさん！」

遠くから声が聞こえる。走ってくる影がある。

ノア――ではない。もっと大きくて太い。足音がどすどすと響いている。

オブチだ。

「くらえっ！」

オブチの手から数本の瓶《びん》が投げ放たれる。高く放物線を描《えが》いたそれらが、赤白腕の小虫を払うような迎撃と空中でぶつかり、割れる。透明《とうめい》な液体が頭領の身体に降りかかる。

「ユイ様っ！」

「だわなっ！」

オブチの肩から飛び立ったナニカが、颯爽《さっそう》と地面を駆けて空高くジャンプする。

宙に踊《おど》るその小さな影は、

（マジすかぁあああっ！）

――猫《ねこ》だ。

猫が口から赤い玉を吐き出す――愁の燃える玉と同じ色の菌糸玉だ。

頭領の身体に着弾したそれが小さく爆発し、大きく燃え上がる。

「アルコール度数九十五パーセントのウォッカです！　燃えますよ！」

頭領が頭を振り乱している。効いている、火を消そうともがいている。

「……アツイ……アツイ……ヤキムラスギ……」

腕が身体に絡みつき、火を消そうと蠢《うごめ》く。

愁はぐっと身を屈め、一直線に跳躍する。

腕の茨《いばら》を突き進み、身体中《からだじゅう》を削《けず》られながら、

その眉間《みけん》へと光刀を突き刺す。

巨体《きょたい》が大きく揺《ゆ》らぐ。

「キィイイッ！　アベシュウ……モット、モット……！」

「気持ちわりーっての！」

菌糸腕の一振《ひとふ》りが首を刎《は》ねる。

切り離された頭部がくるくると宙を舞う。

それと目が合う――笑っているように見える。

――アベシュウ、マタネ。

そう言ったように聞こえたのは、気のせいか。

「――うっせえ、俺のタマでも食ってろっ！」

ピッと直線の軌道《きどう》で放たれた燃える玉が、生首のぽかっと開いた口に飛び込む。

ボンッ！　と頭が爆ぜ、燃えた肉片《にくへん》がぱらぱらとあたりに降り落ちる。

燃《も》え尽きた花火のように。

＊＊＊

ずしん、と横倒《よこだお》しになった巨体が、そのままじわじわと融《と》けて黒ずんだ液体となり、地面に広がっていく。

肉の腐《くさ》ったようなにおいのする蒸気があたりに充満《じゅうまん》する。そのまま骨も残らず、真っ黒な地面のしみとなって消えていく。

愁はふらりとよろめき、その場にべたっと尻餅《しりもち》をつく。

いっとき、一切《いっさい》の物音が静止する。広場に静寂《せいじゃく》がやってくる。

「……はー、しんど……」

強敵だった。軽くレベル60は超《こ》えていただろう。もう一度ガチンコしても勝てる自信はない。

体力が限界だ。今すぐ栄養のあるものを食べないと、もう歩けそうにない。眠《ねむ》い。フジツボの上でいいから横になりたい。

「アベシュー！」

「アベさん！」

タミコとノアが駆け寄ってくる。二人とも無事そうでよかったと思っているうちにノアに首に抱《だ》きつかれタミコに頭を胸に押しつけられる（乳首《ちくび》ドリル）。

「よかった！　無事でよかった！」

「ぴぎゃー！　こわかったりす！　ちじょうおっかないりす！」

これを両手に花と言っていい状態かわからないが、ひとまず顔にボリューミーな乳を押しつけられつつ乳首をいじられるという困った事態。

「……アベさん……」

振り向くとオブチが立っている。ボコボコの豚《ぶた》っ面《つら》が泣きそうになっている。

「えっと、オブチさん？」

「はい、改めまして、オブチ・ロウタと申します。セタガヤ支部所属の狩人《かりゅうど》です。見てのとおりの〝豚人《オーク》〟です」

「オーク？」

「はい、豚の亜人《あじん》です」

「なるほど、亜人ね」

超能力《ちょうのうりょく》にモンスターに魔獣《まじゅう》にゾンビに、おまけに亜人までいるのか。シン・トーキョーの懐はどこまで深いというのか。

「ぶひゅー……この状況《じょうきょう》について、まだ理解が追いついていないのですが……」

オブチは愁の前に跪《ひざまず》き、地面を割らんばかりに額をぶつける。百年後の世界でも生きていた日本の伝統芸能、ザ・土下座。

「申し訳ございませんでした！　人質をとられていたとはいえ、僕《ぼく》はあなたを……」

「いやまあ、ぶっちゃけ痛かったですけど。このとおりもうなんともないんで」

「いつものツルツルのしおがおりす」

「やかましいわ。つーか、俺も一発ぶん殴っちゃったんで、おあいこってことで」

「……【自己再生】の菌能でしょうか……すごいですね……」

「うん？　うん……そんなっすね。つーか、人質のほうは……」

オブチの後ろから猫が顔を覗かせる。白地に顔や耳や手足などの末端《まったん》だけが濃《こ》い、いわゆるポインテッドの上品そうな猫だ。尻尾《しっぽ》の先がキノコの笠《かさ》のように広がっているのが印象的だ。

猫はオブチの隣《となり》にすとんと腰《こし》を下ろし、並んで深々と頭を下げる。

「うちはユイいいますわな。うちとうちんとこのブタがご迷惑《めいわく》おかけしたわな。このとおり、お詫《わ》びと感謝だわな」

「……人質って……この猫……？」

「はい。人質というか、猫質《ねこじち》でした」

「……猫もしゃべるの……？」

「はい。ケット・シー族です」

「……あー、魔獣ね。なるほどね、はいはい……」

知ってた的にうなずく愁だが、頭の中の全阿部《あべ》愁が百年ぶりの猫成分を求めてシュプレヒコールをあげている。宙を揉《も》むような手つきで血涙《けつるい》を流している阿部愁もいる。

「森の中でこのブタとはぐれたときに、あの〝腕落ち〟にとっ捕《つか》まっちまって。うちとしたことがドジったもんだわな。おかげでこのブタもうちのために野盗の片棒を担《かつ》がされそうになって……アベさんにはほんと、感謝してもしきれんわな」

「いえいえ、そんな（もふりてえ）」

「アベさんがあの〝腕落ち〟と戦っている間に、どうにか彼女《かのじょ》を救い出すことができました。加勢もせずに一人離れたこと、ご容赦ください」

「全然平気っす。なんとかなったんで（肉球揉みてえ）」

「アベシュー、ジロジロみすぎりす」

タミコにぺしっとリスッツコミされる。さすがは相棒、邪《よこしま》な心を見抜《みぬ》かれたようだ。敬意を表して尻尾の付け根あたりをこしょってやると「そっ、そこはっ！　いつものとこじゃないりす！　ちがうのに……くっ、くやしい……っ！」とビクンビクン。

「それにしても……あの洞窟《どうくつ》から出てきたら、アベさんがアレと戦っていて……」

一同は地面に広がる黒いしみに目を向ける。よく見ればその中心に、あの鉤爪《かぎつめ》の残りらしき金属棒が刺さって立っている。まるで墓標のように。

「あの〝腕落ち〟？　を倒《たお》したと思ったら、いきなりあんな化け物に変身して……あれ、なんだったんすかね？」

あんな生き物はメトロにもいなかった。人間ともメトロ獣《じゅう》とも違う、もっと異質で得体の知れない怪物――。

「あんなの、うちらも初めて見たわな」

「レベルみえなかったのははじめてりす。こわかったりす」

「まるで――」とノア。「噂《うわさ》に聞いた魔人《まじん》病みたいだなって思いました」

「マジンビョー？」

「僕も聞いたことがあります」とオブチ。「メトロの深層に長時間留《とど》まるようなベテラン狩人が死後ごくまれに、人とも獣ともつかない異形の怪物に変化することがあると」

「メトロの深層？　長時間？　チョマテヨ……俺、五十階に五年いたんすけど……」

自分も死んだらあんな化け物になるのだろうか。ぞっとする。周りの迷惑も考えたらおちおち天寿《てんじゅ》も全《まっと》うできない。

「五十階？　五年？」とぎょっとするオブチ。「あ、え？　えっと、ごくごくまれなケースのはずです……僕もただの都市伝説だと思ってたくらいで……」

「文献《ぶんけん》によると――」とノア（ひいじいメモのことだろう）。「罹《り》患者《かんしゃ》は発症《はっしょう》前に幻聴《げんちょう》に悩まされていたとかなんとか。そういう兆候がなければ大丈夫《だいじょうぶ》だと思いますけど……」

「幻聴、か……」

あの怪物の、最期《さいご》の言葉を思い出す。

——アベシュウ、マタネ。

あれはあいつの言葉だったのだろうか。それとも幻聴——？

とりあえず今はなにも聞こえない。あたりは先ほどまでの戦闘が嘘《うそ》のように静かだ。

さらさらと風が木の葉を揺らし、かすかに虫の声が聞こえてくる。心地《ここち》のいい夜だ、あたりの惨状《さんじょう》さえ忘れれば。

タミコがよじよじと愁の肩《かた》に登り、そっと頬《ほお》に触れる。

「アベシュー、だいじょぶりすか？」

いつになく気遣《きづか》わしげな彼女の表情に、愁は苦笑《くしょう》する。

なんでもない、と首を振ってみせる。

「……さあ、もう行こうか。いよいよ念願の、ニンゲンの町だ」

# 4章 Episode 4 スガモ



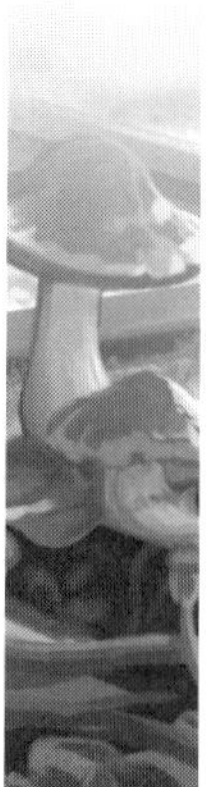

　五年ぶりの布団で迎《むか》える朝は、これほどまでに清々《すがすが》しいものか。まるで全身の細胞《さいぼう》を根こそぎ洗い尽くしたような気分だ。

　愁《しゅう》は小鳥の声で目を覚ます。枕《まくら》から頭を上げ、天井《てんじょう》に向かって伸びをする。

　隣には座布団《ざぶとん》の上でヘソ天するタミコ。そしてその向こう――布団を蹴飛《けと》ばして背中が丸見えの少女が寝ている。ノアだ。

　ごろん、と彼女がこちら側に寝返《ねがえ》りを打つ。浴衣《ゆかた》の胸元《むなもと》が露《あら》わになり、愁は目をそむけるかもうしばらく凝視《ぎょうし》しようか悩み、

「おはようりす」

「見てないよ俺は見てないよおはようタミコ！」

　三人はスガモ市内の南門付近にある宿にいる。狩人向けの老舗《しにせ》の旅館だ。

　昨晩、干し肉をかじりながらへとへとの状態でスガモ市に着くと、そこは水を湛《たた》えた堀《ほり》

お年寄りの原宿《はらじゆく》、まさかの要塞化。革《かわ》の鎧《よろい》や槍《やり》などで武装した憲兵が数人と、そびえ高い塀《へい》に囲まれた要塞《ようさい》都市だった。

巨大な跳《は》ね橋《ばし》の上を渡《わた》って門に近づくと、革《かわ》の鎧《よろい》や槍《やり》などで武装した憲兵が数人と、その後ろにはコンノもいた。

野盗の集団を退治した話をすると、憲兵たちがにわかに色めきだった。コンノが約束どおり彼《かれ》らに話を通していたようだが、具体的な場所もわからずに夜の森に討伐《とうばつ》に出向くわけにもいかず、守りをかためることしかできなかったという。

愁の珍妙《ちんみよう》な服装に彼らは訝《いぶか》しげだったが、「正規の狩人」であるノアとオブチのおかげで野盗の一員とみなされずに済んだ。詳《くわ》しい話を、というところで全員もうくたくたでおねむでしょうがなく、では続きは明日にでもということで解散となった。

コンノから車に載《の》せたままだった荷物を受けとり、オブチの口利《くちき》きでこの宿に急遽《きゆうきよ》部屋をとってもらった。風呂に入る体力も残っておらず、適当に濡《ぬ》れ手拭《てぬぐ》いで身体を拭《ふ》いてそのまま布団に潜り込み、そして今に至るというわけだ。

今さらだが、お年頃《としごろ》の女の子と同室というのはどうにかならなかったのだろうか。

本人が気にしないと言うので愁としても口を挟みはしなかったが、こうなると目のやり場に困る。ノア、意外と寝相《ねぞう》が悪い。

「ふあー……ああ、おはようございます」

ようやく目を覚ましたノアが、大きく伸びをして、無造作に浴衣を直す。ボーナスタイム終了《しゅうりょう》。

朝食は部屋まで持ってきてもらえる。簡素な和服を着た仲居さんがお盆《ぼん》を三つ運んでくる。白いごはん、玉子焼き、味噌汁《みそしる》、漬物《つけもの》。小鉢《こばち》には鶏肉《とりにく》っぽい煮物《にもの》と佃煮《つくだに》。

「アベシュー、なんでないてるりすか？」

「いやもう……なにもかも眩《まぶ》しくて……」

まず「旅館の朝ごはん」とのご対面の時点で涙が止まらなくなった。

そして意を決して口に運んだ五年ぶりの米はもう、感動的にうまい。味噌汁もおかずもすべてうまい。もはや語彙《ごい》能力の限界を超えるレベルだ。

「お口に合いますか？」

「涙でごはん三杯《ばい》いけます」

「おコメ？　うまうまりす！　ちゃいろいしるしょっぱうま！　このきいろいのふかふかで、あたいほおぶくろがおちちゃう！」

「この佃煮もめっちゃうまいっす！　イナゴですかね？」

「メトロゴキブリですね」

「ですよね」

隣のノアは平然とパクついている。

食事を終えると、朝風呂《あさぶろ》の用意ができているという神の声を聞く。

ついに、ついにこの瞬間がやってきた。

一階の奥に男と女の暖簾《のれん》が仲よく並んでいる。ノアとタミコとはそこで別れ、鼻息荒《あら》く青いほうの暖簾をくぐる。

脱衣《だつい》所も浴室も、古きよき木造旅館のそれだ。女将《おかみ》の話によると「地下のメトロから温泉を引いている」といい、この町の上下水道もメトロの地下水道を利用したものらしい。もはやなんでもありだ、メトロ。

借りものの手拭いに石鹸《せっけん》をこすりつけ、念入りに身体を洗う。それから軽石を使って垢をこすりとる。面白《おもしろ》いほど垢が出る。水浴び程度はしてきたが、それでも落ちずに溜《た》まりに溜まった五年分のメトロ垢だ。

湯船に手を入れてみる。適温すぎて泣きそうになる。

つま先から滑《すべ》り込ませ、膝《ひざ》、太もも、腰、腹、胸と正しい順番で湯船に浸かる。あまりの心地よさに「アッー！」と声が出る。「アアッー！」。

やや黄色がかったお湯だ、においは強くない。その代わり、浴槽《よくそう》の檜《ひのき》っぽい香《かお》りがなんとも癒《い》やし効果。

ふかふかの清潔な布団で寝《ね》て、玉子焼きの朝ごはんを食べて、こうして温泉に入浴。まるで夢でも見ているみたいだ。五年間の苦労が報《むく》われすぎて幸せすぎる。

「――ぴゃー！　あったかいみず、きもちいいりすー！」

壁《かべ》が薄《うす》いのか、タミコの声が聞こえてくる。構造上問題あるだろというツッコミはお湯に流す。

「ノアのむねはやわらかくてプルプルりす。スライムよりプルプルりす」

「詳しく（小声）」

「ちくびもピンクいろできれいりす」

「詳しく（小声）」

「アベシューのきったねえクロカビちくびとはおおちがいりす。あれはちくカビりす」

「ほっとけや（小声）」

「人間の女の子はみんなこうなんですよ。ボクはちょっとその……おっきくて、悩《なや》んだりするけど……」

「ふかふかりすよ。ここにはさまってるときもちいいりす」

「お前マジか（小声）」

「ふふ、ありがとう、タミコさん。あとでボクもこしょらせてね」

数十分後、ほこほこした三人が部屋で合流する。愁はいっそうふわふわになったタミコをこしょる。ありったけの羨望《せんぼう》をこめて。

ノアはこれからオブチと一緒《いっしょ》に狩人ギルドの営業所に行くという。昨日《きのう》の野盗の件だ。

「アベさんたちは大丈夫です。ボクたちできちんと話してきますから。その間、二人で町を回ってみてください」

「ありがとう。ああ、そっか……服買いたいな……」

「じゃあ、これで買ってください」

手渡《てわた》されたのは数枚の紙幣《しへい》だ。「都庁銀行券　一〇〇〇〇円」と書いてある。いかにもお札らしい文様、若い男の肖像《しょうぞう》、真ん中にはプリントの粗《あら》い透《す》かし。それが三枚。

「これがお金？」

「はい、一枚一万円、これで三万円です」

「ちなみにこれ誰《だれ》？」

「初代シブヤトライブの族長、タテガミ・ピピンです。狩人ギルドの初代総帥《そうすい》でもあるんですよ」

「へー（すげえ名前）」

「今は手持ちがあんまりなくて……あんまり高いのは買えないかもですけど、この近くに狩人向けの衣服の古着屋があるので、そこなら上下とか下着もそろうと思います」

「ありがとう。ちゃんとあとで返すから」

そういえば宿代もオブチに立て替えてもらっている。

「ふふっ、でもそれくらいじゃ返せないくらい、お二人には借りがありますから」

悪戯《いたずら》っぽく笑う顔を見て、つくづく最初に出会えたのがこの娘《こ》でよかったと思う。


女将に場所を聞いたので、その古着屋はすぐにわかる。木の吊《つ》るし看板に描かれた服と靴《くつ》の絵から見るに、確かに洋服屋だ。

ドアの奥は、まさに宝の山に見える。折りたたまれた衣類が棚《たな》に陳列《ちんれつ》されている。奥のほうにはマントや革鎧《かわよろい》といったファンタジックな商品も置かれている。こんなにも服屋で感動したのは人生で初めてかもしれない。

「いらっしゃい」

中年の店主らしき男がやってきて、愁の狼《おおかみ》ルックを見てぎょっとする。

「どうした、あんちゃん？　まるでナカノの野人みたいな格好だな」

現代のナカノは野人の町になっているのか。確かタミコの種族が住んでいるという森もあるはずだ。

「えっと……適当に服と、下着とか肌着《はだぎ》とか、あと靴下《くつした》とか。一式三万円以内で……」

「三万ね。じゃあ適当に出していくから、気に入ったのがあったら言ってくれ。つってもそこまで選《よ》り好《ごの》みはできねえけどな」

「全然だいじょぶっす」

店主がピックアップしてくれるのは、ノアが着ていたジャージと似たものだ。これが狩人の主流ファッションらしい。

色合い的には地味な暗色系ばかりで、柄《がら》も縫製《ほうせい》もシンプルだが、少なくとも穴開きがあったり綻《ほころ》びが目立つようなものはない。防虫剤《ぼうちゅうざい》らしきにおいがつんと鼻をつくくらいだ。

触《さわ》ってみると、意外と生地《きじ》が厚めでしっかりしているし、思った以上にずっしりくる。単なる衣服ではなく、なにか丈夫《じょうぶ》な繊維《せんい》素材も織り込まれているようだ。試着してみると意外なほど身体にぴったりと馴染《なじ》み、関節部分が柔《やわ》らかい素材なので動きやすい。

「アベシュー、にあってるりす」

「だろ」

「オーガよりカッコよくなったりす」

「すっぴんだとオーガ以下なの？」

「あたいもなにかきてみたいりす」

「悪いね、この店は人間用なんだ」

「そうりすか……」

しょんぼリス。

「でも、魔獣用の服とか売ってる店もあるから、さがしてみるといいよ」

「りっす！」

ジャージ上下（くすんだ黒）、ベルト代わりの紐《ひも》。靴下、下着のパンツと薄手《うすで》のシャツ。靴は革製《かわせい》で、底に金属らしきかたい板がついている。

こうして真っ当な布に包まれているというだけで、こんなにも安心できるとは。ようやく原始人から文明人に戻《もど》れた気分だ。なにこの無敵感。

一式を身につけると、店主が姿見を置いてくれる。

「……俺《おれ》だ……」

そこに映るのは、まぎれもなく阿部《あべ》愁だ。脱衣所でも見たが、五年ぶりの鏡越《ご》しの自分、メトロのオアシスの水面よりもはっきりと認識《にんしき》できる。

昔よりも精悍《せいかん》な顔つきになっている、と言いたいところだが、ほとんど変化がないように見える。五歳《さい》も年を食ったのに。

身体つきに関しては昔よりも明らかにがっしりしている。さんざん憧《あこが》れた細マッチョだが、実務的に必要に迫られての体型なので格別の嬉《うれ》しさはない。

「どうした？　なんか不満かい？」

「あ、いえ、全然……これでいいです」

「気にすんな。そういう薄い顔のほうが女は警戒しない」

「心読まんでください」

いつも『いい人そう』で終わる苦悩《くのう》がわかるものか。

「えーと、お代は、と……」

店主はそろばんをぱちぱちはじく。

「全部で二万七千八百五十円だね」

内訳を尋《たず》ねると、ジャージ上下が中古ながら二万円と、百年前でもなかなかのお値段だ。

命がけの職業人が身にまとうものだし、むしろお手頃《てごろ》なのかもしれないが。

「なんか他にも買ってくかい？　手入れ用の油とか石鹸とか」

「いや、うーん……とりあえずだいじょぶです」

お釣《つ》りを受けとる。灰色のギザギザした硬貨《こうか》が五枚と、銅色の一回り小さいものが一枚。

これで百五十円か。タテガミ某《なにがし》とは別の顔が描かれた千円札も二枚。

改めて見てみると、平成の硬貨とはずいぶん違《ちが》う。金属、とはちょっと違う気がする。

かたさはあるが軽く、けれどプラスチックとも石とも違う不思議な触り心地だ。表には〝TOKYO－TOCHO〟と文字と数字が彫《ほ》られ、裏側は骨のように真っ白だ。

お釣りを握《にぎ》りしめ、「まいど」と店主の挨拶《あいさつ》を背に店を出る。これでファッション的には現代文明に追いつけたので、気兼《きが》ねなく街中《まちなか》を練り歩くことにする。調子に乗ってジョ◯ョ立ちしているところを通りすがりの子どもに見られる。

＊＊＊

巣鴨《すがも》は江戸《えど》時代の巣鴨村に端《たん》を発し、中山道《なかせんどう》の板橋《いたばし》宿場にほど近い休憩所《きゅうけいじょ》として栄えた土地だ。

「お年寄りの原宿」としての歴史は意外にもそう古いものではない。眞性寺《しんしょうじ》の江戸六地蔵尊や明治に移転してきた高岩寺《こうがんじ》のとげぬき地蔵尊などへと、安全や長寿《ちょうじゅ》のご利益に与《あずか》ろうというお年寄りが集まってきたのがきっかけだった。

周辺商店のお年寄りに優《やさ》しいサービスなどの情報がメディアによって広がっていき、いつしか「お年寄りの原宿」としてのブランドを確立するに至った――。

以上、法治《ほうち》大学経済学部・東京経済史ゼミ・竹中《たけなか》教授の著書「講義に出ないクソ学生でもわかる東京のれきし」より。ちなみに書店には置いていないしゼミ生しか買わない。今の世では絶版間違《まちが》いなし。

服屋を離《はな》れてしばらく進むと、目抜《めぬ》き通りらしきところと合流し、そこからは一気に人が増えていく。

「ニンゲンがたくさんいるりす……」

市民らしい老若男女《ろうにゃくなんにょ》が賑《にぎ》やかに行《い》き交《か》っている。雑貨や軽食などの屋台がぽつぽつと立ち、店員のはきはきした売り声が聞こえてくる。

「これがスガモ、っていうか人間の町だね」

学生の頃《ころ》に行った巣鴨の縁日《えんにち》を思い出す。平日でもなかなか活気があったし、とても和《なご》やかな雰囲気《ふんいき》だった。さすがに漬物や干しイモの屋台で買い食いはしなかったが。

一方、百年後のこのスガモに「お年寄りの原宿」の面影《おもかげ》は感じられない。年齢層《ねんれいそう》に特段偏《かたよ》りは見られず、むしろ若い人や家族連れのほうが多い気がする。ノアのようにマントを羽織った狩人？　らしき人もちらほら見かけられる。

町人の服装は想像していたよりも近代的だ。ファッションとしては総じて柄や模様の少ないシンプルなものばかりだが、スカートやワンピース、Tシャツやワイシャツ、カーディガンなども見かけられる。さすがに背広とネクタイはいないようだ。

この町は南と北の交易の要所として栄える要塞都市だ。周りの小さい集落から仕事をさがして若者が多く集まってきて、オシャレで活気があり、住民の信頼厚《しんらいあつ》い市長の手腕《しゅわん》もあって治安もいい。狩人や商人の集《つど》う町でもある——。昨日、道すがらオブチから聞いた話だ。

「アベシュー、いいニオイがするりす」

「屋台の料理だな」

宿に置いてきた愁のカバンには、メトロ脱出《だっしゅつ》の道程で採集してきたいろんなものが入っている。金目のものがあれば早いうちに換金《かんきん》しておきたい。

焼きそば、鹿肉《しか》ステーキ、からあげ串《くし》、じゃがバター、リンゴ飴《あめ》、大判焼きにわたあめ……めくるめく通りを彩《いろど》る屋台の数々。

往来のど真ん中で二匹《ひき》のアニマルのよだれ排出量《はいしゅつりょう》がストップ高（通行人に怪訝《けげん》な顔をされる）。虹《にじ》のように融け合うさまざまな香りに包まれているうちに、胃袋《いぶくろ》の中に残っていた朝ごはんは跡形《あとかた》もなく蒸発。すなわち腹減った。

「お昼前だけど、買い食いしちゃっていいかな？　いいよね？（借りたお金だけど）」

「アベシュー、うまたにえんをえらぶりす！　はよ、はよ！」

タミコに急《せ》かされ、「君に決めた！」と選んだのはわたあめだ。一つ五十円也《なり》。

「やべー！　あめー！　うめー！」

「あまあまりす！　ほおぶくろのなかでとけちゃう！　これがちじょうのスイーツ！」

わたあめで興奮するアラサー男子とリス。周囲の目が田舎者《いなかもの》を見守るような生温かいものに変わっているが気にしない。

「…………ん？」

と、屋台と屋台の間に、そこにぽつんと立っているものに、愁の目が釘《くぎ》づけになる。思いがけないものとの再会によって。

「ふおお……ご無事でしたか……お地蔵様……！」

全身が打《う》ち震《ふる》えるほどの感動を覚える。街角に立っているそれは、正確にはその面影も輪郭《りんかく》もすり減ってボウリングのピンみたいなシルエットになった石の塊《かたまり》にすぎないが、間違いなく巣鴨の地蔵だ。小柄《こがら》なサイズ的にお寺の石仏群の一つだろうか。

「それは狩人のお守り石だよ」とわたあめ屋のご主人。

「お守り石？」

「スガモ市ができたとき、地中深くから掘り起こされた石だって。それを通りに飾《かざ》ったら獣害が減ったとかで、この石のおかげだってありがたがられてな」

「へー」

「街中に点々としてるお守り石を撫《な》でると、狩《か》りの安全と成功のご利益があるって、名物の一つになってんだよ。おかげで俺んとこも商売繁盛《はんじょう》、ありがたいこった」

「タミコ、撫でよう！　ブルスコするまでナデナデしよう！」

文明の崩壊《ほうかい》から免《まぬか》れ、百年の月日を経ても健在とは、さすが仏様だ。

他の地蔵をさがして市内を徘徊《はいかい》するうちに、いろいろとわかってくることがある。

街並みは石材や木材だけでなく、レンガや漆喰《しっくい》やコンクリートも見受けられる。ガラス窓がついている建物も多い。比《ひ》較的《かくてき》近代的な建築様式だ。

商店には陶器《とうき》やガラス製の器《うつわ》なども売っている。オシャレな工芸品も多い。店に並ぶ布や人々の着る衣服を見るに紡績《ぼうせき》の技術も進んでいるようだ。

売っている食べものを見る限り、畜産《ちくさん》を含《ふく》む農業も盛んなようだ。野菜、パン、米、乳製品。メトロ獣のものらしき肉も出回っている。

水も、そこらの水場で清潔なものをふんだんに利用できる。市の地下のメトロ内に走る水流から引いて濾過《ろか》したものらしい。下水も別の水流に廃棄《はいき》しているということだが、そもそもその水流がどこから来てどこへ行っているのかは謎《なぞ》だという。メトロとの共生、なんて言葉が脳裏《のうり》に浮《う》かぶ。

公衆洗濯場《せんたくば》（コインランドリーのようなもの）には、木籠《かご》製の簡素な洗濯機《せんたくき》や脱水機《だっすいき》が並んでいる。似たようなものをアマゾフでも見たことがある、全手動洗濯機だ。手回しレバーや足踏《あしぶ》みペダルで槽《そう》を回して洗濯するやつだ。

大きな家には黒いアクリル板のようなものがついた貯水槽《ちょすいそう》もあったりする。おそらく太陽光を利用した温水設備的なものだろう。どれもこれも自然や環境《かんきょう》を利用したエコな仕上がりだ。

(崩壊から再興に至る過程では、過去の文明発展と同じ道をたどるとは限らない)

(――だっけ?)

なにかの本にそんなことが書いてあったのを思い出す。

その説が正しかったことを、現実が証明しているようだ。街並みは中世から近世だとしても、動力の利用や環境エネルギーの抽出《ちゅうしゅつ》など、現代的な力学的概念《がいねん》はきっちり再利用されている。

(でも)

(なんかおかしくね?)

これだけ進んだ技術があるのなら、電力の利用――少なくとも小規模な風力や水力の発電設備くらいはできていても不自然ではない。ガスや石油などは現物がなければそれまでだが、電力はわりと簡単に起こせるはずだ。

しかし、街中でそれが利用されている気配はない。

(明かりも燃えるツクシとかオイルランプとかだし……)

文明の再構築の過程で、そういった知識だけがぽっかり抜けてしまったのだろうか。そんなピンポイントな喪失《そうしつ》が起こりうるのだろうか。

(あとでノアに訊《き》いてみようか)


スガモ市は人口五万人を超える大都市ということで、要塞化された市街地はかなり広い。やや南北に長い敷地《しきち》は一辺三・四キロ以上はありそうだ。

市の中心部には市長の邸宅《ていたく》と市議会の議事堂がある。木造の立派な建物だ。周辺にはものものしい憲兵が何人も歩いている。

「アベさん」

と、後ろから呼びかけられる。

ノアだ。その後ろにオブチとユイもいる。

「狩人のジャージ、すっごくお似合いですね」

「そう？　マジで？」

ＪＫにそんな風に褒《ほ》められて内心有頂天《うちょうてん》になるアラサー。

「みんなはどうしたの？　狩人ギルド？　に行ってたんだっけ？」

「その営業所がこの近くなんです。憲兵団とギルドにはちゃんと報告してきましたよ」

「そっか。ありがと」

「事情を説明するにあたって――」とオブチ。「アベさんには申し訳ないんですが……野盗団は僕とイカリさんで討伐したと、アベさんにはそのお手伝いをしていただいたということで。そのほうがアベさんに面倒《めんどう》をかけずに済むとイカリさんの提案で……手柄《てがら》を横取りする形になってしまって恐縮《きょうしゅく》ですが」

「いえいえ、全然いいっす。確かにすげー面倒になりそうだし」

お役所にいろいろ根掘《ねほ》り葉掘《はほ》り訊《き》かれても困るだけだ。百年も寝ていたなんてすんなり信じてもらえるとも思えない。

「公式にお尋ね者になっていたわけではないらしいので、報奨金《ほうしょうきん》が出たりはしないんですが、もしかしたら市のほうから金一封《きんいっぷう》くらいは出るかもしれません。そうなったらアベさんにお渡ししますよ」

「あー、ぶっちゃけ助かります。俺ら無一文なんで……」

「さて……近くにおいしい店があるんで、よかったらお昼はそこで食べませんか？　もちろん僕が持ちますので」

「いそぐりす、このゴクツブシども！　ゴーゴーゴー！」

「ゴチになります。うちの上官もこう言ってるんで」


数分歩いた先に、「スガモ食堂《しょくどう》」と暖簾のかかった小さな店がある。和食の店かと思いきや、なんと出てきたのは中華料理《ちゅうかりょうり》だ。

チャーハン、餃子《ギョーザ》、エビチリ。玉子スープにザーサイ、キクラゲの炒《いた》めもの。

「チャーハンうめえ、ごはんパラパラやん！　餃子やべえ、羽根皮パリパリやん！」

「はふはふ！　このあかいのカラウマりす！　あたいけあなひらいちゃう、ヒー！」

「ヤマイモムシのチリソース炒めですね。お口に合ってよかったです」

エビチリ改めイモムシチリに伸《の》びかけた愁の箸《はし》が止まる。周りは誰一人《だれひとり》気にするそぶりなくパクついている。

昆虫《こんちゅう》は未来の食材、というネット記事を昔よく見かけたものだ。ヘルシーで高タンパク、養殖《ようしょく》もわりと簡単といいことずくめだとか。きっとシン・トーキョーの台所事情を力強く支えてきてくれたのだろう。

今さらイモムシでおたつくのもアレなので、愁も意を決して口に運ぶ。案の定うまい。肉厚でジューシーでまろやかな味わい。

ちなみにこの中華的食文化、シン・トーキョーでも人気の「チウカ料理」というらしい。〝超菌類汚染《ちょうきんるいおせん》〟にもめげずに生き残り、後世に継承《けいしょう》してくれた中華屋のおっさん（想像）に感謝だ。

「でもさすがに……ピータンは無理だな……」

昆虫はいけても、この悪魔的《あくまてき》な色どりのタマゴにだけは箸が伸びない。くんくんにおいをかいだタミコも「くっちゃ！　オシッコくっちゃ！」と顔をのけぞらせる。

オブチが「慣れると悪くないんですけどね」と一つ口に運び、ノアも果敢《かかん》にチャレンジする。もちゃもちゃ咀嚼《そしゃく》し、うんうんとうなずいている。

「ノア、だいじょぶ？」

「だいじょぶです。ボク、くっさいのとか好物なんで」

「だからあんまり大声でそういうのはね」

三人と二匹が通されたのは奥《おく》の個室だ。オブチはこの店にも顔が利《き》くらしい。その豚面は伊達《だて》ではないようだ。ちなみに野盗にボコられた傷は治療《ちりょう》玉で綺麗《きれい》に治っている。

オブチは〝豚人《オーク》〟、亜人《あじん》だ。

ノアによると、亜人とは魔獣《まじゅう》などの「人間とは異なる知的生物」ではなく、「別の種と混じった姿に変異した人間」ということらしい。社会的な地位は普通《ふつう》の人間とまったく対等だが、一部では偏見《へんけん》や迫害《はくがい》などの風習もまだ残っているそうだ。

「オブチさん、今日もまいどありね」

白いコック的衣装をまとった男性がやってくる。しゃべりかたがたどたどしい。

「マスター、今日もおいしくいただいてますよ。ぶひゅー」

「ありがとアル。今日は珍《めずら》しく狩人《かりゅうど》さんのお仲間アルか。相変わらずの八宝菜、もとい八方美人アルな！　ザ・チウカジョーク！」

「待って、ちょっと待って」

「なにアルか？」

「ごめんなさいアベ。じゃなくて、そのしゃべりかたってなんですか？　ご出身はどちらで？」

「お前さん、田舎者アルね。チウカ言葉を知らないなんて。チウカ料理を嗜《たしな》む者の伝統的なしきたりアルよ。どこの都市でも一流のチウカ料理屋はみんなこうアル。ちなみにワタシ、生まれも育ちもセタガヤよ」

「僕《ぼく》ら同郷のよしみってやつでして、ぶひゅー」

「なるほど。理解しました」

素直《すなお》に引き下がっておく。おそらくこういった予測不能な伝統や風習とは、今後何度も

ぶち当たることになるのだろう。無闇《むやみ》に触《ふ》れても田舎者呼ばわりされるだけだ。

「あのニンゲン、へんなしゃべりかたりすね」

「うん？　うん」

とりあえず料理はうまい。平成の中華屋と遜色《そんしょく》ない。今はそれでいい。

「タミコちゃん、デザートも来るからお腹《なか》を空けとくわな」

「デザートりすか？」

「杏仁豆腐《あんにんどうふ》だわな。この店のはほんのり甘《あま》くて口の中でとろけるわな」

「じゅるり……ちじょうはあまあまのらくえんりすね……」

宿でもそうだったが、今の世では動物というか魔獣が飲食店で同じテーブルにつくのはごく普通のことらしい。特段咎《とが》められることもない。

愁は玉子スープをちろちろ舐《な》めるユイを何度もちら見している。なんとか上官の目をかいくぐり、スキンシップを図《はか》る機会を持てないものかとチャンスを窺《うかが》っている。

「オブチさんはスガモ市で顔が広いんですね」とノア。

「そうですね、商売柄《しょうばいがら》」とオブチ。

「商売柄？」と愁。

「実を言うと、狩人は副業みたいなものでして。本職は行商人なんです。いろんな町を渡り歩いて、いいものを集めていいものを売る。それが僕のライフワークなんです」

「へえ、すごい」

狩人《かりゅうど》兼《けん》商人。カッコいい。

「狩人になったのは、自分でメトロに仕入れに行くのに都合がよかったからです。菌職《きんしょく》的にも向いていたし、こんなご時世ですから自分の身は自分で守らないとだし」

「守れてないわな。あんな〝腕《うで》落ち〟の野盗なんかにボコボコにされて」

ユイが口を挟《はさ》む。やれやれという風に顔を洗っている。

「人質《ひとじち》をとられて悪党の言いなりになるなんて、狩人失格だわな。二人ともやつらの手に落ちるくらいなら、うちをほっぽって一人で逃《に》げればよかったんだわな」

「そんな、ユイ様……」

オブチが目を潤《うる》ませる。

「そんなこと言わないでください！　僕はユイ様なしでは生きていけないんです！」

「黙《だま》るわな！　この意気地《いくじ》なしの大ブタ野郎《やろう》が！」

ユイの前足がぺちっとオブチの頬を張る。大して力はこもっていないようだが、オブチの鼻息が荒くなる。

「ああ、ああ……！　三カ月と八日ぶりに、ユイ様の肉球ビンタをいただきました！　その麻薬《まやく》のごとき弾力《だんりょく》、感無量です！　ぶひゅー！」

「ええい！　触るなこの直毛白ブタ野郎！　くっさい息吐《は》きかけんなわな！　お前はうちの奴隷《どれい》なんだわな！」

「ああ、もっと！　僕を罵《ののし》ってください！　その肉球で懲《こ》らしめてください！　それが明日を生きる糧《かて》になるんです！　ぶひぃ！」

愁の中の熱が急激に冷めていく。猫《ねこ》の下僕《げぼく》になりたい気持ちは重々わかるが、リアルに猫の下僕になった人を客観的に見て気持ちがいいかどうかは別の話だ。

＊＊＊

薄々《うすうす》察していたことだが、ユイはどうも気位の高いタイプの猫のようだ。

安易に触ろうとすれば冷たくあしらわれそうだし、かといって恩着せがましく強要するのもハラスメントだ。遠くから見守るのみにしよう、と愁は内心誓《ちか》っておく。これだけでかい町だ、もふらせてくれる野良猫《のらねこ》の一匹や二匹、どこかにいることだろう。

一同はデザートまできっちり食べ終える。ユイの言ったとおり杏仁豆腐は絶品で、愁とタミコは感動のあまりしばらく魂《たましい》が抜ける。

「あの、みなさん」とノア。「このあと、お時間ありますか？」

「俺たちは暇《ひま》っつーかなんもやることないけど」

「りすけど」

「僕たちも大丈夫《だいじょうぶ》です」

「だわな」

「じゃあ、話の続きは宿のほうで」

宿の部屋に戻ると、布団《ふとん》は畳《たた》まれて部屋の隅《すみ》に置かれている。五年間も岩に囲まれた生活だったので、畳《たたみ》だけでも永遠に寝そべっていられる。

仲居さんから熱いお茶の入ったポットを受けとり、みんなでちゃぶ台を囲む。ほうじ茶なのでタミコもいけるようだが、ユイはすぐには口をつけない。猫舌《ねこじた》だからか。

「オブチさん、ユイさん」とノア。「これから話すことは、ここだけの秘密でお願いできますか？」

「ぶひゅー……内容にもよりますが、みなさんがそう望むなら」

「右に同じだわな」

「〝糸繰《いとく》りの神〟に誓えますか？」

「……申し訳ないですが、僕はメトロ教団の教えには熱心なほうじゃありません。だから僕は、僕自身とユイ様にかけて誓いますよ。恩人を裏切ることは絶対にしないと」

「じゃあうちも、うち自身の命とこのブタにかけて誓うわな。ついでに誇《ほこ》り高《たか》きケット・シー族の血と毛並みもかけとくわな」

「ありがとうございます。正直ボクも、教団の教義には興味ないです。失礼しました。で──アベさん」

「はい？」

「今からアベさんのレベルと菌職を確認《かくにん》したいんですが、いいでしょうか？」

「へ？」

いきなり水を向けられて戸《と》惑《まど》う愁。

「レベルと菌職？　つーか菌職ってなんだっけ？　聞きそびれてた気がするけど」

「アベさんはご自身の菌職をご存《ぞん》知《じ》ないんですか？　あれだけの菌能《きんのう》をお持ちなのに？」

オブチが驚《おどろ》いて目を剥《む》いているが、愁としては曖昧《あいまい》にうなずくしかない。

「アベさん、その前にオブチさんとユイさんに話していただけますか？　この五年間のことと、ご自分のことを」

「え、いや……いいけど……」

果たして信じてもらえるものだろうか。

戸惑いながらも、愁はここに至るまでの経緯《けいい》を打ち明ける。

自分が百年前の平成の時代の人間であること。

目覚めたらオオツカメトロの地下五十階にいたこと。タミコとともに五年間そこで力を蓄《たくわ》え、道をふさぐボスを倒《たお》して上階をめざしたこと。

ノアに導かれてようやく地上の太陽を拝めたのが昨日だったこと。そういうわけでこの世界の事情や世間の常識にも疎《うと》いこと。

口を挟まずに聞き入っていたオブチだが、愁が話し終えると頭を抱《かか》えてうなだれる。太い首をかすかに横に振《ふ》る。

「ぶひゅー……にわかには信じがたいお話ですが……アベさんが僕らにそんな嘘《うそ》をつく理由はありませんよね……」

「百年前から生きてる人間となると……この国には今、三人しかおらんわな」

「え、いるの⁉　俺の他にも、三人も⁉」

それには答えず、オブチはノアのほうに目を向ける。

「ようやく話が見えてきましたよ……イカリさんがなぜ僕らを巻き込んだのかも」

「はい。オブチさんとユイさんは信頼《しんらい》できる人だと思ったので。きっとアベさんの助けになってくれるって」

「俺は全然わかんないんだけど」

「あたいはわかるりすよ」

「一瞬《いっしゅん》でバレる嘘をつくな」

「すいません……アベさんにはちょっとややこしい話かもしれませんが、これもアベさんのためなので」

「俺のため？」

「順を追ってお話しします。まずはレベルと菌職をチェックしましょう」

ちゃぶ台の上に、名刺《めいし》ほどのサイズの紙が並べられる。昔の藁半紙《わらばんし》みたいな乳白色の紙片《へん》で、端に印鑑《いんかん》を押《お》す位置を示すような円形のマークと、ものさしみたいな目盛りが描《えが》かれている。

「これは〝試《ため》し紙〟です。狩人のレベルを判別することができます。狩人ギルドで一枚三十円。レベル100まで計測できるやつは五十円です」

「えっと……いきなり話の腰《こし》折って申し訳ないんだけど。そもそもさ、レベルってなんなの？　体内の菌糸《きんし》の強度とかってざっくり聞いたけど、そもそも人間とか獣《けもの》にレベルがあるって、俺の時代じゃなかったしさ……」

「昨日《きのう》少しお話ししましたけど——」とノア。「百年前の〝超菌類汚染〟後、生き残ったのはそれに適応できた生物だけでした。ボクたち人間や魔獣、メトロ獣の身体には、〝超《ちょう》菌類《きんるい》〟への耐性《たいせい》を持つ菌糸が宿っています。すべての細胞《さいぼう》に――筋肉にも神経にも、あるいは脳にも、極微細《ごくびさい》な菌糸が張りめぐらされています。菌力《レベル》というのは、その菌糸の強度や順応度、成長度などを表す指標です」

「なるほど」

「他種族の胞子《ほうし》嚢《のう》を捕食《ほしょく》することで自身の胞子嚢が反応・成長し、菌糸の性能が増し、操《あやつ》れる能力が増える……というのがレベルアップや菌能習得の仕組みの定説です。まあ、科学的にはっきり解明されたわけじゃないですけど」

「あ、人間にも胞子嚢はあるのね。あるとは思ってたけど」

「下腹部の奥のへんですね」

ノアがへその下、骨盤《こつばん》の内側あたりを触ってみせる。

「でも、同種の共食い――たとえば人間が人間の胞子嚢を食べても、レベルアップや菌能の習得は起こりません。仮に可能だったら――なんて想像すると怖《こわ》いですけど」

「確かに」

そんな世の中に目覚めなくてよかったと思う。というか、メトロ獣同士の共食いを見かけなかった理由はそれか。

「というわけで、ボクら狩人の業界ではとても重要な指標になっています。所属支部内での序列だったり業務依頼《クエスト》の受注可能な難易度とか、いろいろ関わってきます」

「んで、それを測る方法があると」

「ボクが試しにやってみますね。こっちのレベル50までの試し紙で」

ノアが菌糸のナイフで人差し指をぷすっと刺《さ》す。ぷくっと膨《ふく》らんだ血の滴《しずく》を、試し紙の円形の中に押しつける。

すると――赤いしみが、まるでひとりでに這《は》うように、ずずっと右にまっすぐ線を描いていく。血の進行は目盛りの25の値のわずかに手前で止まる。

「24、ですね。昨日のカトブレパスで一つ上がったんで」

ぽかんと口を開ける愁とタミコ。血を吸わせるとレベルを目盛りで知らせてくれる、ということらしい。

「すげー……どういう仕組みになってんだろう？」

「製紙になんらかの菌糸植物が使われているそうですよ」とオブチ。「狩人ギルドと都庁だけがその製造技術を持っていて、彼《かれ》らにしかつくれないんです」

「あたいも！　あたいもやってみたいりす！」

「うちら魔獣もレベルチェックできるわな。メトロ獣もできるし、実際そういう使いかたしてるやつらもいるわな」

　というわけでタミコが先に挑戦《ちょうせん》。ノアのナイフで手をちょっぴり切り、円の中にぺとっと塗《ぬ》りつける。するすると細い線が動き――40の目盛りぴったりで止まる。

「タミコさんは40ですね。すごいです……その年で……」

　むんっと胸を張るタミコ。

「オーガとかオルトロスとか、強敵の胞子嚢食いまくりだったもんな。あれ、でも、41じゃなかったっけ？」

「かぞえまちがいりすかね。こまけえこたあいいんりすよ！」

　ときどき大見栄を切ったりするから信用はできない。

「アベシュー、ちりょうだまほしいりす」

「舐めときゃ治るだろ」

　と言いながらも治療玉を出す愁。タミコがそれにかじりつき、汁《しる》で切り傷のついた指を濡《ぬ》らす。そのまま菌糸玉をかじかじして頬袋《ほおぶくろ》に詰《つ》めていく。

「――って、ええっ⁉」

　オブチが目を見開いて身を乗り出す。驚いたタミコがぶっとスプラッシュ。

「……それ、昨日僕がいただいたときは暗くてよく見えなかったですけど……まさか【治《ち》癒《ゆ》】じゃなくて【聖癒《せいゆ》】……」

「せいゆ？　名前とか知らないんで、治療玉って呼んでました。タミコのおやつです」

「……【聖癒】がおやつって……」

「つーか、菌能の名前？　俺もタミコも全然知らなくて、適当なあだ名つけてたんだけど。正式名称《めいしょう》？　通称《つうしょう》？　みたいなのってあるんだよね？」

「はい」とノア。「ユニークとか未《み》確認《かくにん》のスキル以外は、狩人ギルドが定めた名前があります。それについてはあとで確認しましょう」

「だね。じゃあ俺も、レベルチェックしちゃおっかな。ドキドキ」

ナイフを借り、指にぷすっと傷をつける。すぐに治ってしまうが、指に浮いた血を10まで目盛りのついた用紙ににじませる。

ノアとオブチとユイが食い入るように見つめる中、ずるずると線が進んでいく。40を越《こ》え、50を越え、60を越え、65をすぎたところでストップする。

「68……ですね」

「おー！　あれ？　思ったより二つ多い……ちゃんと数えてたんだけど。一気に二つ三つ上がったりしたんかな？」

「普通は一つずつ上がるものですけど……人間の場合、だいたいレベル1から5くらいのスタートなんで、その誤差ですかね？」

「あ、なるほど。種族的な初期値ね。俺は3スタートだったってことか」

その発想がすっかり抜《ぬ》けていた。レベル1スタートだと信じて疑わなかった。

「カーバンクルもさいしょは1から3ってカーチャンいってたりす。だからあたいもズレたりす」

「なるほど。サバ読んでたと疑ってごめんよ」

上にズレていたということは、当然のごとく初期値を上に見ていたわけだこのリス。というか初期値の設定があるのは初耳だ、教えてくれればよかったのに。

「さいしょのアベシューはよわよわのクソザッコwwwだったから、てっきりレベル1だとしんじこんでたりす」

「うん、それは否定できんわ」

言われてみると、メトロ獣だとゴブリンサイズの子オーガでさえ30超えしていた。つまりそれが種族的な初期値だったのだ。その設定を自分にも当てはめて考慮《こうりょ》すべきだったのか。まあオオツカメトロの強敵どもから見れば微々《びび》たる差だが。

ともあれ、これで現時点のレベルがはっきり確定したわけだ。こうして自分の研鑽《けんさん》の証が数値として見られると、がんばってきたことを認められたみたいで嬉しい。

と、オブチとユイが口をあんぐりとしている。

「ぶひゅー……すごい。僕、初めて見ましたよ。レベル60オーバーの試し紙……」

「それなんすけど、レベル68ってのが狩人の業界？　つーかこの国？　でどんくらいの位置なんかなって」

謙遜《けんそん》するわけでもないが、この世界のものさしを知らないので、レベル60の価値がいまいちわからない。

「あ、ちなみにオブチさんとユイさんはいくつなんすか？」

「僕はこないだ40になりました。タミコさんと一緒《いっしょ》ですね」

「うちは37だわな。狩人の業界じゃあ中堅《ちゅうけん》くらいだわな」

となると、タミコも立派な中堅勢ということか。にやりとほくそ笑《え》むリス。

「詳《くわ》しく説明すると長くなりますが――」とノア。「とりあえず言えるのは、レベル68は狩人の業界では〝達人〟とか〝マスター〟とか呼ばれます。狩人全体でもほんの一握《ひとにぎ》りの領域で、相当すごい！　と思ってもらえればだいじょぶです」

「ほー……達人級がどうとかってのはそれか。相当すごい、のね」

いまいちピンとこないのも正直なところだが、そう言われて悪い気はしない。

「あたいのシドーのタマモノりすね。シャシャシャシャ」

上官のおっしゃるとおりなので、感謝をこめてこしょる。

「……ダメぇ……みんなみてるりすぅ……！」

オブチが物欲《ものほ》しそうな顔でユイを窺っているが、ユイは気づかないふりをしている。

気をとり直して。

ノアが別の用紙を並べる。今度は一辺十センチくらいの正方形の紙だ。

「これが菌職を判別する試し紙です」

紙質は先ほどのレベル用と似ている。血を吸わせる丸枠《わく》があるのも同じだが、その円周から外側の六角形の頂点に向かって目盛りつきの線が伸びている。頂点には文字のようなものが書かれているが、日本語でも英語でもないので判読できない。

「そもそもの話ですが……菌能は〝糸繰りの民〟であれば誰《だれ》でも習得できるというわけではありません」

「こないだの野盗のときもそう言ってたよね。てっきり胞子嚢食えば誰でも覚えられるんかと思ってたけど」

昨日会ったコンノは狩人のことを別の人種のように見ているようだったし、「あんたらの能力」と他人事のように言っていた。

「シン・トーキョーの人口はおよそ百万人。そのうち菌能を覚えることが可能な人は全体の十数パーセント程度と言われています」

「意外と少ないね」

「非公式な呼称《こしょう》として、大多数の菌能を覚えることのできない人たちは〝人民〟に分類されます。あくまで狩人《かりゅうど》業界内の呼びかたなので、街中ではあまり使わないほうがいいです。『差別用語だ！』って怒《おこ》る人もいるので」

「プチ炎上《えんじょう》案件ってことね」

「〝人民〟は、胞子嚢を食べても菌能を習得できず、レベルも10程度までしか上がりません。なので〝人民〟はプロの狩人にはなれません。過酷《かこく》なメトロ内での活動や荒事《あらごと》には向かないですから」

「なるほど。じゃあ〝人民〟以外の菌職？　の人が菌能を覚えられて、レベルももっと上げられるって感じか」

「はい。それで、菌職について説明する前に、菌能の系統についてお話ししますね」

ノア先生によると、菌能はその形質上、六つの系統に分類できるらしい。

①菌糸で硬質《こうしつ》な武器状の物体をつくる能力。攻守《こうしゅ》ともに強力な武装になるが、サイズや形状は自由に調整できないものが多い。菌糸武器や菌糸防具、あるいは総称《そうしょう》して硬菌糸《こうきんし》な

どと呼ばれる。

②菌糸でサイズ調整や形状変化が可能なモノをつくる能力。一部は意思により操作可能なモノも。柔菌糸《じゅうきんし》、操作菌糸などと呼ばれる。

③体内の菌糸を操り、肉体を強化・変化させる能力。肉体操作などと呼ばれる。

④菌糸の弾丸《だんがん》をつくる能力。弾丸菌糸《だんがんきんし》、菌糸《きんし》弾《だん》などと呼ばれる。

⑤さまざまな効果を持つ胞子《ほうし》を散布する能力。胞子散布、塵術《じんじゅつ》などと呼ばれる。

⑥さまざまな効果を持つ菌糸玉を生み出す能力。菌糸玉、玉術《ぎょくじゅつ》などと呼ばれる。

「たとえばアベさんの【戦刀《せんとう》】や【円盾《まるたて》】は①ですし、ボクの【白紐《しらひも》】は②です」

「なるほど」

①〜④は物理系スキル、⑤⑥は魔法《まほう》系スキルっぽい。

「なんというか……」とオブチ。「見習いの子が習うような知識を、達人レベルの人が教わっているというのが不思議な絵面ですね」

「これを踏《ふ》まえて菌職に話を戻《もど》しますと……つまり菌職というのは、ボクたち〝糸繰りの民《たみ》〟における、生まれ持った『習得できる菌能の系統』の傾向《けいこう》になります」

「習得できる系統？」

「たとえばボクは〝細工士〟の菌職です。〝細工士〟は先ほどの②を主に習得します。オブチさんは〝闘士《とうし》〟で、③が得意系統ですね。そんな感じで、特定の種別の菌能を覚えられる傾向、生まれついての才能の方向性、個々人の戦闘《せんとう》スタイルみたいな分類が菌職です。今どきは〝クラス〟なんてオシャレに呼ばれることもあります」

なんとなくわかってきた。言葉どおりゲームでいうジョブやクラスと似たようなものか。

生まれつきというのがシビアだが。

「ちなみに僕のような亜人も、人間と同様の菌職できちんと分類されます。ぶひゅー」

「まじゅうにもきんしょくはあるりすか？」

「えっと……少なくとも人間の菌職分けがそのまま当てはまることはないかと……人間と同じように同種間でも個体差はあるかもしれないですけど、各種族が菌職のような分類を把握《はあく》してるかどうかまでは……」

「カーチャンはなんか言ってなかったの？」

「カーチャンはじぶんのことを〝クノイチ〟っていってたりす」

「リス忍者《にんじゃ》か。かっけーな」

ちょっと誇らしげなタミコ。

「カーバンクル族は――」とユイ。「体格的に戦闘に向かない分、いろんな不思議な菌能を覚える種族だって聞いたことがあるわな。ちなみにケット・シー族は人間でいう⑥が得意だわな。こう口をクワッとして、菌糸玉を吐き出すんだわな——毛玉のように！」

彼女《かのじょ》のドヤ顔を見るに鉄板のケット・シージョークだったらしい。「出た！　ファーッ！」とひっくり返るオブチ。

「まあ、ナカノの森？　で同族に会えばわかるかもな。落ち着いたら行ってみよう」

「りすね」

ナカノに行く目的がもう一つ増えたわけだ。タミコは期待で頬袋を膨らませる。

「それで、菌職は菌能と同じく六つに分類されます」
①の硬菌糸を主に習得する〝騎士《きし》〟。
②の柔菌糸を主に習得する〝細工士〟。
③の肉体操作を主に習得する〝闘士〟。
④の弾丸菌糸を主に習得する〝狙撃士《そげきし》〟。
⑤と⑥のうち、「攻撃《こうげき》したり負の作用を与《あた》えたりする」菌能を主に習得する〝幻術士《げんじゅつし》〟。
⑤と⑥のうち、「癒《い》やしたり正の作用を与えたりする」菌能を主に習得する〝療術士《りょうじゅつし》〟。
「へー……⑤と⑥は分類より効能で分かれてるのね。なんで？」

「それは……ボクもよくわかりません。あくまで狩人ギルドが定めた分類なので」

「なるほど」

愁個人としては〝狙撃士〟が刺さっている。響《ひび》きがいい。

「でもさ、他の系統の菌能は覚えられないの？　〝騎士〟が菌糸玉を覚えたりとか」

この分類でいうと、愁自身の系統がわからない。④以外は満遍《まんべん》なく習得している気がする。

「それだけってわけじゃないです。たとえばボクの【短刀】は硬菌糸ですし。そういう個人の菌職とか、他の系統を覚えられるかどうかというのを、この試し紙でチェックすることができます」

「おお、これに戻ってきたわけね」

六角形の図が描かれた正方形の紙。角が六つ、菌職の数と一緒だ。

「これ、この六角形の角に書かれてる記号？　文字？　みたいのが読めないんだけど」

スガモを見て回った限り、この国の文字は普通に平成時代の日本語が継承されている。ローマ字も多少使われていたが、逆にこのような記号は見かけなかった。

「狩人専用文字ですね」とオブチ。「大昔に狩人ギルドが発足《ほっそく》した際、初代総帥《そうすい》が『こんなん使ったらそれっぽくてカッコいいから』という理由で一通りつくったそうですが、全然流行《はや》らずに今ではこの試し紙くらいでしか使われていないそうです」

「いらねえ」

「一番上から時計回りに――」とノアが試し紙を指差す。「〝騎士〟、〝闘士〟、〝細工士〟、〝狙撃士〟、〝幻術士〟、〝療術士〟です。やりかたはさっきとおんなじですけど、まずはボクがやってみますね」

ノアは先ほど傷つけた指をいじり、血をにじませる。それを六角形の真ん中にある丸枠の中になすりつける。

紙面に血が吸われると、また同じように赤い線がずずっと糸のように伸びていく。六本の対角線のうち、二本に沿って。上、右下だ。

長さがそれぞれ違《ちが》う。目盛りで見ると、右下の線が長くて対角線の三分の二くらい。上は五分の一ほどと短い。

「右下が〝細工士〟、上が〝騎士〟の資質です。こんな感じで、大抵《たいてい》の人は線が二本くらいあることが多いみたいですね。ボクは右下のほうが長いので、〝細工士〟ということになります」

「ほー」

「〝騎士〟の系統も資質はありますが、長さ的に適性はかなり低いです。ボクの【短刀】がそれなんですけど、はっきり言って全然珍しい能力じゃないですし、もっと強い能力やレアな能力を習得できる可能性も低そうです」

「一番長い線がその人の菌職で、他のほうにも伸びてたらそっちの能力も覚えられる可能性があるってことね。んで……線の長さが才能の幅《はば》的な？」

「そうですね……それでいうと、ボクは〝細工士〟としてはだいぶ平凡《へいぼん》ってことです。たぶんメインの系統でもレアスキルを覚えられる可能性は……」

言っていてしょんぼりするノア。タミコが慰《なぐさ》めるように尻尾《しっぽ》をその手に重ね、ノアはそれをにぎにぎする。「ああっ……もっとやさしくしてぇ……！」。

ともあれ、この国の血液型占《うらな》いはすごい。レベルだけでなく才能まで判別できるのか。

「ここまでが基本菌職の説明なんですけど……この上に、上位菌職というものがあります。自分の系統はもちろん、他の系統でも強力なスキルを習得できる人です。狩人の中でもさらに一握りですけど」

「カリスマや英雄《えいゆう》と呼ばれる人たちは、大抵これですね」とオブチ。「各都市やトライブの軍事的要人を務めたりとか、狩人として出世した人もそうだったりとか」

ゲームの上級職みたいなものか。アガル。

「上位菌職ってのも生まれつきなの？　それとも基本菌職からレベルアップとかでクラスチェンジできたりするの？」

「生まれつきですね。でも、ごくまれに後天的に上位菌職になる人もいるとかいないとか。

実際にそうなった人は見たことないですけど」

　白由にクラスチェンジできたら楽しいのに。ちょっと残念だ。

「上位菌職の場合、試し紙はどうなるの？」

「こんな風に……」

　ノアが鉛筆《えんぴつ》で目盛線をなぞる。

「自身の系統が頂点まで到達《とうたつ》すれば上位菌職らしいです。〝騎士〟なら〝聖騎士〟、ボクの〝細工士〟なら〝絡繰士《からくりし》〟みたいな感じで。もちろん他の系統の線も長かったりして、いわゆる才能マンですね」

　若干《じゃっかん》トゲのある言い回しだ。尻尾を握《にぎ》られ倒したリスはちゃぶ台の上でビクンビクンしている。

「基準となる菌職の、そのまま上位互換《ごかん》ってことか……つーか、もしかして俺《おれ》ってそれだったりする？　そういや前に聞いた〝糸繰士《いとくりし》〟だっけ、それが上位菌職ってやつ？」

　どの基本職ベースなのかはわからないが、上位のどれかには間違《まちが》いなさそうだ。ますますアガル。

　ノアもオブチも、なんだか微妙《びみょう》な顔をしている。緊張《きんちょう》してこわばっているような。

「上位菌職は五種類あります」とノア。

〝騎士〟の上位菌職、〝聖騎士〟。

〝闘士〟の上位菌職、〝獣戦士《じゅうせんし》〟。

〝細工士〟の上位菌職、〝絡繰士〟。

〝幻術士〟の上位菌職、〝魔《ま》導士《どうし》〟。

〝療術士〟の上位菌職、〝導士〟。

「〝狙撃士〟だけは立ち位置がちょっと特殊《とくしゅ》で、上位菌職が存在しないみたいです。〝狙撃士〟自体が上位みたいに扱《あつか》われることもあったりとか」

「……あれ？　じゃあ〝糸繰士〟ってのは？」

「……とりあえず、試し紙をやってみましょうか」

ノアが二枚目を愁の前に差し出す。愁は困惑《こんわく》しながらも腕をまくる。

「うっし、やってみるわ」

百聞《ひゃくぶん》は一見《いっけん》に如《し》かずだ。やってみればはっきりするだろう。

いよいよ阿部愁、運命の才能検査の瞬間《しゅんかん》。就活時の適性診断《しんだん》の百倍緊張する。

もう一度ナイフを借り、用紙に血を垂らす。

「……………は？」

赤黒いしみが、目盛線に沿ってずるずると伸《の》び、角に到達する。

――六つ、すべての角に。

さらに、その線がぞわぞわと無数に枝分かれしていく。

まるで皮膚《ひふ》の奥《おく》を走る血管のように、ねじれ、交わり、伸びていく。

六角形が侵食《しんしょく》され、さらにその外へと氾濫《はんらん》していく。

――異変が収まったとき、紙面は子どもの悪戯《いたずら》書きのごとく赤黒く埋《う》め尽《つ》くされている。

十秒ほど、誰もなにも発しない時間が続く。「キショいりす」とみんなの気持ちを代弁したのはタミコだ。

「……これ、不良品？」

「……いえ、そうじゃないと思います」

ノアは顔をこわばらせている。オブチは畳に手をついてへたっとしている。ユイは瞳孔《どうこう》を全開にしてキノコ尻尾をわなわな震《ふる》わせている。耳が横にぴんと張ってイカ耳になっている。

「これが、アベさんの菌職です。習得できる菌能に制限がなく……こんな紙では測れないほどの潜在《せんざい》能力を秘《ひ》めている」

「……どゆこと？」

「かつてシン・トーキョーに築かれた無数のトライブのうち、軍事的最強を謳《うた》われた十二の大トライブの初代族長たち。たった十二人しか存在せず、以後一人も現れなかった最高位の菌職。この〝糸繰りの国〟の名を冠《かん》する〝糸繰士〟――アベさんはその十三人目ということです」

＊＊＊

ぱたぱたと窓ガラスを叩《たた》く音がする。

雨が降ってきたようだ。いつの間にか空が鈍色《にびいろ》になっている、午前中は気持ちのいい快晴だったのに。

愁は赤い線が氾濫した試し紙に目を戻す。

「えーっと……なんかすごいことになってるっぽいけど……ちょっと実感ないわ……」

「最初に確信したのは――」とノア。「アベさんから百年前の人だって聞いて、実際に【不滅《ふめつ》】の菌能を目にしたときです」

「【不滅】？　あ、前にも聞いた気がする」

オオツカメトロでノアにてのひらを切られたとき、彼女がそんなことをつぶやいていた気がする。

「アベさんの傷に浮《う》かぶ青っぽいカビです。ひいじいの手帳にあった【不滅】の特徴《とくちょう》と同じでした。それで確信したんです、アベさんは本当に百年前の人間なんだって」

愁の第一の菌能、再生菌糸。【不滅】というのはそれの正式名称のようだ。

「【不滅】は、一般的《いっぱんてき》な自然治癒能力強化の菌能【自己再生】よりも遥《はる》かに強力な再生能力です。大抵の傷はたちどころに治る。ちぎれた手足すら生えるし、よほどひどい怪我《けが》を負わなければ死ぬこともない」

「結構無茶《むちゃ》してきたけど、みんな治ったね」

これまで自分の身体を囮《おとり》にするようなことはさんざんやってきたし、手足を食いちぎられることもザラだった。今でも五体満足でいられているのは百パーセントこのチートスキルのおかげだ。

「傷が治るだけじゃなくて、老化もほとんど止まるとか」

「まあ確かに俺、今百三十歳《さい》？　だけど……」

不可思議現象で冬眠《とうみん》していた百年余りを除外しても、オオツカメトロで五年をすごして二十八歳だ。不毛な穴ぐら生活でさぞ煤《すす》けたアラサーになってしまったことだろうと思いきや、今日鏡を見たときにはむしろ「ほとんど変わってないやん」という印象だった。まさか菌糸にアンチエイジングまで施《ほどこ》してもらっていたとは。

「アベさんが百年以上眠《ねむ》っていられたことも、【不滅】の効果以外には考えられないと思います。眠ってしまった原因については想像もつきませんが」

愁はてのひらに目を落とす。その皮膚の下に脈づく菌糸を思う。

目覚めたとき、全身が青黒い菌糸に覆《おお》われていた。薄々そうではないかと思っていたが、実際にこの力がなかったら今頃《いまごろ》は骨も残っていなかったというわけか。

「……どうして百年も経《た》って、今頃目を覚ましたんだろうね……？」

「わかりません……そもそも【不滅】は普《ふ》通《つう》の狩人《かりゅうど》には習得できない能力だし、ギルドの文献《ぶんけん》にもざっくりした情報しか載《の》ってないので……」

「基本菌職はおろか――」とオブチ。「上位菌職でさえ習得することはできません。逆に〝糸繰士〟の十二人は、漏《も》れなくその能力を持っていたそうです。存命の三人の〝糸繰士〟は、アベさんと同じ前の時代から生きている人だと」

「さっき言ってた人だよね。あ、だから長生きってことか……」

「ぶひゅー、いずれもどえらい人ばっかりですよ。シン・トーキョー都知事、メトロ教団の教祖、そして最古のトライブの一つであるネリマトライブの族長。彼らは先史からの生き証人であり、シン・トーキョーの建国に大きく関わった生ける英雄です」

「その三人は【不滅】の菌能のおかげでほとんど年をとらず、百年前とほぼ同じ姿を保っているといいます。アベさんと同じですね」

愁はちゃぶ台に肘《ひじ》をつく。その拍子《ひょうし》にかたわらにいたタミコがこてんっと転げ落ちる。畳からキーキー抗議《こうぎ》の声があがる。

「……そっかあ……平成の生き残りがまだ……」

会ってみたい——愁はそう思わずにはいられない。

あの時代のこと、あの時代の人々のこと、この世界のこと。

彼らの口から聞きたいことが山積みだ。

（一つ目標ができたな）

「話を〝糸繰士〟に戻すと——」とオブチ。「〝糸繰士〟は全六系統の菌能に加え、【不滅】のように〝糸繰士〟でしか習得できないユニークスキルも使えると言います。国の名を由来とするくらいですから、それだけの存在ということです」

「アベさんはいくつ菌能を持ってますか？」とノア。

「えっと……十七個かな」

ノアが呆《あき》れたように苦笑いし、オブチが頭を抱える。

「ボクは今、二個です」

「僕《ぼく》は三つですね。アベさんから見たら少ないと思われるかもしれませんが、基本菌職の場合、生涯《しょうがい》をかけて大抵は四～六個、それ以上習得できたら万々歳《ばんばんざい》です。上位菌職だと十個とかいったりするみたいですけど」

「自分の資質に合った能力を五・六個程度……しかも覚えられる能力を選べるわけでもなくて。個人の適性や願望、それまで培《つちか》ってきた経験などが総合的に反映されるという説が有力ですが、逆に言えばはっきりと解明されていないってことです。ボクが『この能力がほしい！』ってどんなに望んでも、覚えられるかどうかは未知数で」

つまりスキルガチャか。基本菌職で最大六個前後、やはりシビアだ。

愁としては今のところ第十四以外の菌能は満遍なく使ってきたし、チート性能も三つ四つある。ガチャ運に恵《めぐ》まれすぎてＳＮＳで自慢《じまん》したら骨も残らんばかりに炎上しそうなほどだ。

「しかし、十七個って。僕なんかよりよっぽど人間離《ばな》れしてますね、ぶひゅー」

「ひいじい……の手帳によると、ある〝糸繰士〟の人は菌能二十八個、レベル98だったそうです。現存する三人もそれくらいの能力は持ってるかも」

「マジか」

上には上がいるものだ。

「そりゃますます化け物ですね……僕ら基本菌職の上限は、どんなにがんばってもせいぜいレベル65程度です。上位菌職でも確か80そこそこだったかと」

菌職によるレベルキャップもあるのか。そうなると愁のレベル68というのは基本菌職のほぼ限界値、確かに「相当すごい！」ということなのだろう。

「アべさんが五年間という短い期間でそこまで強くなれたのも、もちろんアべさん自身の努力もあるんでしょうけど、菌職も関係してるんじゃないですかね。一般的な狩人だと、一年につき三つずつくらい上げられれば順調なほうです。当然高レベルになっていけば上がりづらくなるし」

「あとはあたいのおかげりすね」

「うん。あとでまたこしょってやるから」

タミコも五年で12から40だから、かなり順調な部類に入るようだ。

「ぶひゅー。相手にしてきたメトロ獣のレベルも一因ですよね。50オーバーのメトロ獣と毎日やり合うなんて、普通の狩人からしたら正気の沙汰《さた》じゃないですから。密度で言えば通常の何倍もの濃《こ》さですよ」

「その分地獄《じごく》でしたけどね」

「ちじょうはテンゴクりす」

愁は大きく息をつき、湯呑のお茶を飲む。すっかりぬるくなっている。

雨はますます強くなってきている。みんなが押し黙《だま》ると窓や屋根を叩く音が部屋を満たしていく。

「なんつーか……謙遜するわけじゃないけど、なんで俺なんかがそんなすげー感じなんだろうね」

急な展開すぎて実感が湧《わ》かない。十五歳の誕生日にいきなり母親に「あなたは勇者なのよ！　旅立ちなさい！」とか言われたような気分だ。

前の時代では特別なことなんてなにもなかった。勇者どころかただの会社員の息子《むすこ》だ。もう一代 遡《さかのぼ》れば農家の孫だ。勉強も運動も可もなく不可もなく、大学も中の中の上くらい。唯一《ゆいいつ》内定をもらえた会社でも営業成績は三人の同期の中でドベと僅差《きんさ》の二位、というかブービー。女の子にも特別モテたこともない。もうなにもかも普通の男だった。

（……どうして俺なんかが……）

こんなド素人《しろうと》がここまでやってこれたのも、この超《ちょう》レアな菌職のおかげだった。

そう考えると腑《ふ》に落ちるが、そもそもたった十二人しかいない選ばれた存在と肩《かた》を並べられるなんて、神様の悪戯と呼ぶ以外に納得《なっとく》できる説明があるだろうか。

「……まだ実感ないけど、いろいろわかってよかったよ。ありがとね、ノア」

ノアは早い段階から愁の秘密に気づいていたわけだ。

気づいていて、いろいろと気を回してくれていた。

彼女の言うとおり、とても長くて難しい話になった。

メトロでこんなこんがらがった話を聞いていたら、それこそ脱出《だっしゅつ》どころではなくなってしまっていたかもしれない。

「最初に会えたのがノアでよかったってことか。ノアと、そのひいじいのおかげだね」

「そんな……アベさんたちはボクの命の恩人ですから……」

ノアはちょっと照れくさそうに頭を掻《か》く。ほんのり頰《ほお》を赤く染める様などはスマホの目覚ましの画面に設定したい。

「そう言ってもらえてよかったです。だけど、実は……ここからが一番大事な話で」

「ほえ?」

「りす?」

まだ続きがあるのだろうか。正直ここまででいったん大学ノートに整理したいくらいだが。

「アベさんはこの菌職のことを、できるだけ世間の目から隠《かく》す必要があると思います。知られればきっと、少なからず世間を騒《さわ》がせることになるから」

いったん小休止。

ノアがみんなの湯呑にこぽこぽとお茶を注ぐ。急須《きゅうす》の中もぬるくなっていて、湯気は昇《のぼ》らない。

「えーと……まあ別に言いふらすつもりもないけど……なんかまずいの？」

「りすの？」

話を呑《の》み込めず、そろって首をかしげる愁とタミコ。

別に元から吹聴《ふいちょう》して回るようなことは考えていなかったが、それがそんなにまずいことなのだろうか。確かにそれだけ希少な力となると、周りからいろんな目で見られそうではあるし、できるだけ秘密にしておきたいというのもわかるが。

「シン・トーキョーの礎《いしずえ》を築いたのは、十二人の〝糸繰士〟でした。破滅《はめつ》から生き延びた人々をまとめ上げ、各地にトライブをつくり、国を再興した。その後、トライブ間の紛争《ふんそう》や内紛《ないふん》、度重《たびかさ》なるメトロ獣《じゅう》の襲撃《しゅうげき》、五十年前の〝魔人《まじん》戦争〟などを経て、十二人のうち今も存命なのは三人だけです」

「言われてみると、【不滅】なのに死ぬんだね」

「そう言われると誇大《こだい》広告みたいな感じも若干ありますけど……まあ、歴史的事実として、九人の〝糸繰士〟は戦争や決闘《けっとう》なんかで命を落としたみたいですね」

愁もボススライムと最初に戦ったとき、栄養不足で傷を治せずに死にかけた。やはり再生能力にも限界があるということか。

「現存する八つのトライブでは――」とノア。「ネリマトライブ以外は主に上位菌職の人物が族長を務めています。基本的に族長は世襲制《せしゅうせい》――親類がそれを継《つ》ぐ形です。菌職はある程度子孫に遺伝する傾向がありますが、〝糸繰士〟の子孫にも〝糸繰士〟は遺伝しませんでした。〝糸繰士〟は最初の十二人以外には現れなかったんです」

「上位菌職とかって親の遺伝かと思ったけど」

「そのケースが一番多いかもですね」とオブチ。「狩人の夫婦《ふうふ》からは菌職持ちが生まれやすいと言われたりしますが、逆に〝人民〟の子が生まれることもあります。ちなみに亜人《あじん》性《せい》も同じで、遺伝もありますが突然《とつぜん》変異でも生じます。僕も五歳くらいまでは普通の子どもだったんですけど、その頃《ころ》から急激に変化が現れて、あっという間に豚《ぶた》っ子でしたよ。なんらかのウイルス性疾患《しっかん》という説もあるくらいです、ぶひゅー」

「ほえー」

「りすー」

「ともあれ――」とノア。「そういう意味で〝糸繰士〟は、この国の礎を築いた象徴《しょうちょう》であり、今でも民衆にとって神聖化された存在なんです。都庁政府の威光《いこう》、教団のカリスマ性と影《えい》響力《きょうりょく》、ネリマトライブの並外れた統率性《とうそつ》――それらは〝糸繰士〟がトップであることが少なからず影響《えいきょう》していると思われます。他の指導者が必ずしも優《すぐ》れていないわけではないと思いますが……仮にもし今、十三人目の〝糸繰士〟が現れたとなると、各トライブはどういう反応を示すでしょうか？」

「どういうって……」

「つまりアベさんは――」とオブチ。「ご自身では自覚はないでしょうが、このシン・トーキョーにおいて非常に稀有《けう》な人材であるというだけでなく、同時に高度に政治的な存在でもある、ということです」

「そんな、大げさな……」

望むと望まざるとにかかわらず、世間に影響を与えてしまう身分ということか。

こんなどこにでもいる塩顔元社畜が、世間を騒がせる超ＶＩＰに大出世なんて。

「あくまで想像ですが――」とオブチが続ける。「アベさんの存在が世間に知《し》れ渡《わた》れば、他のトライブの族長や幹部は心中穏《おだ》やかでいられなくなって、無理やり傘下《さんか》に引き入れようと画策するかもしれないし、逆に不穏《ふおん》分子として排除《はいじょ》をめざすなんてことも」

「ちょ、やめて。マジ怖《こわ》いんすけど」

「いやまあ、あくまで極論です。前例がないことなので、どんな風に転がるかなんて想像でしかないですけど……都庁にしろ教団にしろ、とりあえず各方面をいろいろと騒がせてしまうことは間違いないでしょうね。イカリさんはそれを見越《みこ》して、アベさんをこの町に連れてきたわけです」

一同の視線がノアに注がれる。

「スガモ市は、市民の自治によって統治される都市です。仮に〝糸繰士〟が周知されてしまったとしても、トライブ領よりも影響は多少小さいものになるでしょう。イカリさんはそこまで考慮に入れた上でこのスガモに連れてきたということです」

ノアが照れくさそうにうつむいている。イケブクロを選ばなかったのは野生児丸出しの狼《おおかみ》ファッションへの気遣《きづか》いだと勘《かん》ぐっていたが、その一万倍深い事情があったのか。

「それに、この場に僕とユイ様を同席させたのも、アベさんのためってことです」

「ほえ?」

「アベさんの今後のために、事情を知る口のかたい味方が必要だったということです。僕が行商人で顔も広いっていうのもあるからでしょうけど……とはいえ、なかなか面白《おもしろ》いものを背負ってしまったな、というのが正直なところです。信用していただいたのは光栄ではありますが」

「まあ、命の恩人に後ろ足で砂かけるような真似《まね》はできんわな」

苦笑するオブチとユイ。

愁はノアに目を向ける。

「どうしてそこまで……？」

あのメトロの中で愁の正体を知った上で、その微妙な立場に思いをめぐらせ、ここまで連れてきて、オブチたちを味方に引き入れようと気を回したりして。

出会ってたった二日やそこらの間柄《あいだがら》なのに。命を救われた恩返しとしても、こんなにも面倒《めんどう》なことに首を突っ込もうなんて。

ノアは小さく笑い、首を振《ふ》る。なんでもない、という風に。

「ようやく現在の話は終わりです。ここからは——未来の話をしましょう」

——未来、か。

タミコが心配そうにきょろきょろと見上げている。愁はその頭をむきゅっと撫《な》でる。

「……俺はこの先、どういう風に生きてけばいいか、ってことだよね」

＊＊＊

夜になると雨は上がり、雲が散り、星が顔を覗《のぞ》かせる。

愁とタミコは旅館の屋根に登り、街並みを見下ろしている。

オレンジ色の街灯が濡《ぬ》れた外壁《がいへき》や地面を照らしてちらちらと瞬《またた》かせている。二階の屋根からでは街全体を見渡《みわた》すには足りないが、連なる建物の窓から漏れる明かりはどこまでも続いている。愁の知る東京の夜景とはくらべものにならない光量かもしれないが、心なしか住人たちの息遣《いきづか》いを感じられる気がする。

「マチがピカピカりす……きれいりす……」

隣《となり》にちょこんと腰《こし》かけるタミコは感無量という表情だ。

「そういえばだいぶ前に言ってたよな。街が光ってるとこ見たいって」

「そうりすね」

「よかったな、また一つ夢が叶《かな》った」

「おいしいものもたべたし、マチをサンポしたたし、ホシもタイヨーもみれたし……ちじょうはユメのクニりす」

愁は屋根にごろんと背中を預ける。瓦《かわら》でなくセメントっぽい板の屋根だ。ちょっと湿《しめ》っていてひんやりしている。

「タミコはさ、これからどうしたい？」

「りす？」

「いや……いくつか夢も叶ったし、じゃあこれからどういう生活っていうか、どういう人生？　魔獣生《まじゆう》？　送りたいとかって、なんか考えてたりする？」

うーむ、と腕《うで》を組んで首をひねるタミコ。

「いまじゃなくてもいいけど、ナカノのモリにいってみたいりす」

「行くなんだ。帰るじゃなくて」

「かえるって、かくれがとか、おうちにもどることりすよね？」

「そりゃそうだけど」

「あたいのかえるばしょはここりす」

「スガモに住みたいってこと？　確かにいい感じの町だけどね」

タミコがてとてとと愁の腕を伝い、肩に乗る。ぺとっと尻《しり》をつける。

「ここりす」

愁が目を向けると、タミコは目を細めて笑う。

「……面倒に巻き込まれるかもだよ、俺といると」

「あたいがなんとかしてやるりす。アベシューはあたいがいなきゃダメりすからね」

「心強いね」

「シャシャシャ！」

お世辞でもなんでもない。本心だ。

「じゃあ……これからも一緒《いっしょ》にいてもらおっか。改めてよろしくね、マイマスター」

「よろしくりす、パダワン？　アベシュー！」

いつだったか仕込んだ用語を憶《おぼ》えていたようだ。胞子とともにあらんことを。

五年前に交《か》わされた二人の契約《けいやく》。

彼女を地上に連れていく。そのために愁の成長を導く。

少し違う形になって、改めてそれを更新《こうしん》する。

なんだか愁は少し気恥《きは》ずかしくなって、照れ隠しに顔をごしごしこする。

この肩にかかるちっぽけな重みは、自分にとってなによりも心強くかけがえのないものだと。改めてそれを思い知る。

(これが始まりだったんだ)

(だから……こいつと一緒なら)

迷いの中にあった意思が、一つの答えへとかたまっていく。

「――あ、いたいた」

屋根の縁《ふち》からノアがひょこっと顔を出す。ぐいっとよじ登り、愁の隣に腰を下ろす。

「浴衣《ゆかた》の女の子が屋根よじ登っちゃっていいんかね？」

「アベさんたちだって。そういうのって男女差別って巷《ちまた》で言われてるやつですよ」

「どの時代もそういう問題はあるんだね」

ノアが胸の谷間から煎餅《せんべい》を三枚とり出し、愁とタミコに渡す。ほんのり温かくて、アラサーのお兄さんとしてはすぐさまかじりついていいものか非常に迷うところだ。タミコはお構いなしにガリガリかじりまくってポロポロこぼしまくっている。

「これからのこと、考えてたんですか？」

「まあね」

平穏《へいおん》に生きたいと願うなら、愁の前には二つの選択肢《せんたくし》がある。

一つ目。どの組織にも属さない自由民として生きる道。

自由民とはいわゆる無戸籍《むこせき》の人間だ（そういう意味では愁は現時点でそれだ）。戸籍《こせき》は各トライブ領や都市ごとに紐《ひも》づくものだが、それがないとどの町でも公共サービスの利用や銀行口座の作成などはできない（代わりに納税の必要はない）。

だが、どこかの集落にでも居着いて暮らしていくことは可能だし、〝糸繰士〟がバレる可能性は極《きわ》めて低い。狩猟《しゅりょう》と農耕の日々、ちょっぴり憧《あこが》れるスローライフだ。

二つ目。どこかの戸籍を取得して、〝人民〟として暮らす道。

領民や市民として居を構え、なにかの職を得る。この時代の知識や常識に明るくはないが、地道にがんばれば自由民より安定した生活を送れるだろう（と思いたい）。〝糸繰士〟がバレる可能性は多少増すかもしれないが。

それらとは逆に、〝糸繰士〟であることを明らかにして生きる道を選んだ場合。

先ほど言われたとおり、そこには非常に多くの困難や面倒がつきまとうだろう。あるいは命さえ危《あや》ぶまれるようなアクシデントに見舞《みま》われるかもしれない。

だが、〝糸繰士〟を望む組織や領地などにうまくとり入ることができれば、身の安全は保証してもらえるかもしれない。能力を示すことができれば、重要なポストを用意してもらうことさえ叶うかもしれない。

まさにハイリスク・ハイリターンな成り上がり冒険譚《ぼうけんたん》だ。

まあ、それが自身にとって望ましい道かどうかは別だが。

「うーん……一番現実的なのは二つ目かな。平穏無事《へいおんぶじ》に暮らすってことを一番の目的にするなら」

「……そうですね、それが一番無難な判断だと思います」

「だよね」

自分と同じ時代を生きた人たち、三人の〝糸繰士〟にいずれは会ってみたいと思っている。そこは避《さ》けては通れないと思っている。

けれど、今すぐにというのはどうしても無謀《むぼう》な気がしている。もっとこの世界についての見聞を広め、味方を増やし、足元を固めてからでも遅《おそ》くはないだろう。彼《かれ》らが【不滅】の半不老不死者であればなおさらだ。

ノアが隣に寝《ね》そべる。どんな時代でも女の子とはいいにおいがするものなのだなと、愁はまた一つ賢《かしこ》くなる。

「ノアはさ、なんで狩人になったの？」

「へ？」

「だって、きついし危ないだろうし、十八歳であえて選ぶものなのかなって」

「……ひいじいの影響が一番だと思います。ひいじいも……元々は狩人だったので」

「そうなんだ。学者？　研究者？　的な人かと思ってた」

「ボクは幼い頃に両親を亡《な》くして……狩人のひいじいに育てられました。八歳で初めてメトロに連れていってもらえて、それから狩人の知識や技術について教えてもらって。いつか自分がいなくなっても、一人でも立派に生きていけるようにって……」

目を細めたその横顔は、無数に灯《とも》る街の明かりの中に誰《だれ》かをさがすかのようだ。

「八年前にひいじいが死んじゃって、ボクは一人で生きていかなきゃいけなくなって。狩人になったのはその五年後です。年齢《ねんれい》制限が十五歳以上なので」

「大変じゃなかった？」

「大変でしたよ。一見華《はな》やかですけど、現場はきついくさい汚《きたな》い危険の４Ｋなんて言われますし。デビューしたときはレベル16で全然ぺーぺーで、こんな子どもがって周りからいろんな目で見られたりもして。一昨日《おととい》みたく何度も死にかけたし」

「過酷《かこく》だねえ」

ブラック企業《きぎょう》の新卒とどちらが過酷だろうか。少なくとも一般的な会社なら命の危険まではないだろうが。

「でもボクは、この仕事が好きですよ。いろんなメトロを回って、いろんな町に行って、いろんなものを手に入れたりいろんなものを食べたり。ちゃんとやれば実入りも悪くないし。とりたてて才能もない平凡な〝細工士〟ですけど、アベさんみたいにもっともっと強くなって、もっともっと稼《かせ》ぎたいです」

そう言ってノアは照れくさそうに笑う。

愁は煎餅をがしがし噛《か》み砕《くだ》き、咀嚼《そしゃく》する。そしてキメ顔で言葉を発しようとして盛大にむせる。唾《つば》と煎餅のかけらがダイヤモンドダストのように夜空に散る。

「……俺も狩人になろうと思うんだ。できればこのスガモで」

改めてキメ顔で言う。なにごともなかったかのように。

スガモ市民の戸籍をとり、プロの狩人になって活動する。

それが愁の選ぶ第四の道だ。

「……いいんですか？　もしかしたら、一番大変な道かもしれないですよ。そもそも菌職を隠したままギルドに登録できるかどうか……」

「まあ、そうなんだけどね」

当然、他の仕事よりも危険だろうし、なにより〝糸繰士〟が明るみになるリスクも格段に高まるだろう。

それでも今の愁にとっては、自身の能力と経験を最大限に活《い》かせる道だ。

「今の世の中じゃ、それくらいしかとりえないし。社会人経験なんて営業一年かじった程度だし、今から畑仕事やら客商売やら勉強するのも時間かかるだろうし。その点、この五年メトロ獣とやり合ってきた経験が活かせるなら、一番それがよさそうだし」

性格的に荒事《あらごと》が性に合っていると胸を張れる自信はないが、かといって今さらカタギに戻《もど》れるかというくらいには、この手はすでに血で汚《よご》れている。

そして同時に――獣を狩《か》り、その恵みをいただき、自身を成長させていくスキームに喜びや楽しみを見出《みいだ》している自分がいることも事実なのだ。

「まあ……『勇者になってこの世界救ったる！』とか『へへ、てっぺんの景色ってのを見てみたくなってね』みたいな志がないのがアレだけど。だけど、もっと強くなったりして、メトロとかトライブとかあちこち見て回ったりして、そのうちなにか見えてくるものもあるのかなとも思うし」

自分の言葉に乗せられて、少しわくわくしてくる。我ながら単純《たんじゅん》だなと自嘲《じちょう》したくなる。けれど本心でもある。冒険《ぼうけん》という言葉に魅《み》せられない男の子などいるだろうか。

「あと、ナカノの森にも行かなきゃな」

「ひっふ」

タミコの頬袋《ほおぶくろ》は煎餅でぱんぱんになっている。

「万が一大変なことがあっても、タミコがなんとかしてくれるしね？」

「まかへるりふ！」

ぽふっと自分の胸を叩くタミコ。力加減を間違えたのか、煎餅のかけらがスプラッシュ。

似た者コンビ。

ノアが苦笑する。ゆっくりうなずく、自分の中にあるものを確かめるように。

「……ボクも、アベさんとタミコさんの仲間に入れてもらえませんか？」

「え？」

彼女《かのじょ》が正面に向き直る。ずいっと身を乗り出す。その角度は谷間が覗くから危険だ。

「ボクも、なんとかしますから。アベさんとタミコさんが困ったときには」

愁とタミコは顔を見合わせる。

「仲間って……一緒に狩人やるパーティー的な？」

「はい、そうです。三人でパーティーを組んでくれませんか？」

「いいの？　俺もタミコもド素人だよ？」

「レベルはお二人のほうが全然高いじゃないですか。ボクも足を引っ張らないようにがんばるんで、お願いします！」

正直な話、ありがたい。

基本スペックは高くても、この世界のことは右も左もわからない田舎者《いなかもの》とリス。そこに聡明《そうめい》で博識な先輩狩人《せんぱいかりゅうど》がいてくれれば大変心強い。素直《すなお》で優《やさ》しいボクっ娘《こ》美少女ともなれば百二十点だ。

「俺《おれ》的にはありがたいけど、タミコもそれでいい？」

「つまり、あたいのイモートブンりすね？」

「つまりの意味がわからんけど」

「はい、タミコ姐《ねえ》さん！」

「いいのかよ」

タミコはむふーと満足げ。ノアは目をキラキラさせている。

「よろしくお願いします……シュウさん」

シュウさん。

ちょっぴりトゥンク。これぱっかりはトゥンク不可避《ふかひ》。

たぶん今顔真っ赤。それを悟《さと》られないように、愁は街並みのほうに目を向ける。

目覚めたら百年後の世界で、わけもわからないままリスと二人で獣との戦いの日々を強《し》いられて。

五年間に及《およ》ぶ過酷なメトロ暮らしが終わって、いよいよ地上での新しい生活が始まる。

平成のサラリーマンから、

メトロのサバイバーとなり、

シン・トーキョーの狩人へ。

一人と一匹《ぴき》から、今度は二人と一匹になって。

（楽しみだけど）

（大変なんだろうなあ）

この身に巣食うものは存外重いのかもしれない。

百年前から人知れずつながってきたこの糸は、

この先いったい、どこへ続いていくのだろう。

「……まあ、なんとかなるよな」

それでも、なんとかなる気がする。

二人と一匹なら、どこにでも行ける気がする。そう思うだけならタダだ。

「だって——世界はこんな広いんだもんな」

スガモでの生活の足がかりとして、なにを置いてもまずは生活費の工面だ。

先立つものがなければタミコのおやつすら買えない。ノアも愁《しゅう》のジャージ代三万円の出費によって懐《ふところ》が寂《さび》しそうだし、年長者としては彼女の財布《さいふ》ばかりあてにするわけにもいかない。

ということで、いよいよオオツカメトロで集めてきた各種アイテムが火を噴《ふ》くときが来た。手放してもよさそうな品をオブチに預け、査定してもらうことにする。

「オルトロスの牙《きば》と爪《つめ》……ガーゴイルの石化皮膜《ひまく》……真珠《しんじゅ》エンドウ……そこらじゃなかなか見受けられない貴重品ばかりですよ。不人気メトロと言われるオオツカメトロですが、それでも深層にはそれなりの品が転がっているということですね」

「気になるお値段は？（オープン・ザ・プライス）」

「目算ですが、これ全部で七十万以上、下手《へた》したら百万に届くかもしれません」

「おー……ちなみに、それって大金ですか？」

リーマン時代だったらボーナス何期分か。そう考えると鼻血が出そうになる。

「そうですね、スガモでアパートを借りて家具をそろえて、家賃と生活費半年分ってところでしょうか」

「アベシュー、はなぢでてるりす」

宿の滞在費《たいざいひ》はオブチに立《た》て替《か》えてもらっている。お得意様価格からさらにシーズンオフの値引きも効いているということだが、新居が決まるまでもう少しかかりそうなので、金ができたらきちんと返したい。

ちなみにユニおの角は、彼との友情と思い出の品ということで査定には出さない。というか一番金になりそうな気もするので、いざというときのへそくりだ。

それとカトブレパスの毛皮だが、ノアから「これを素材にして外套《がいとう》をつくってはどうか」と提案を受ける。

「成長個体の毛皮だったんですけど、なにかしらの特殊効果《とくしゅこうか》のある装備になりそうな気がするんで」

「特殊効果って？」

「ごくまれに、菌能《きんのう》みたいな特殊効果を持つアイテムがつくれたりするんです。火をはじくマントだったり、傷の治りを早めるブレスレットだったり」

「なるほど、そりゃアツい！　ほしい！」

　まさにゲーム世界の装備。「うんのよさ」と「みりょく」が上がるアクセサリーがあれば大枚をはたいてもいい。

「オブチさん、これでボクとシュウさんの分の外套、つくれませんかね？」

「あたいも！　あたいも！」

「あ、タミコ姐さんの分も。姐さんのは一番気合い入れちゃってください」

「姐さん？　あ、はい、わかりました。知り合いに腕のいい仕立屋の職人がいるので、いい品ができると思いますよ。あとで採寸も兼《か》ねて顔合わせに行きましょう」

　マントのオーダーメイドか。いよいよ狩人《かりゅうど》っぽくなってきた。アガル。

「アベシュー、きんしわんつかうときにマントやぶれるりす」

「あ、マントだけじゃなくてジャージもだ」

　今までは破れてもいい服だったが、せっかく買ったジャージやマントが破れるのは困る。このままだと背中Y字のタンクトップしか着られない。

　背中に菌糸腕《きんしわん》用の袖《そで》穴をつけてもらおうか。防寒性などは下がるかもしれないが、いざというとき気にせず使えるようにするほうが先決だ。

「まあ、そのへんはつくってもらうときに考えるとして……てかさ、ノアってあの菌能の正式名称《めいしょう》って知ってたりする？」

「【阿修羅《あしゅら》】ですよね。昨日説明した肉体操作系の超レアスキルですよ」

「肉体操作？　菌糸腕なのに？」

昨日の話でいうなら、肉体操作よりもむしろ柔菌糸《じゅうきんし》のスキルのほうがしっくりくる気もする。

「正確には柔菌糸と肉体操作の複合スキルみたいな感じらしいですけど、〝獣戦士《じゅうせんし》〟だけが習得できるみたいなんで、分類上そう言われてるんだと思います。菌糸《きんし》の腕をつくる能力なのと同時に、それを自分の身体の一部みたいに扱《あつか》う能力って意味ですかね」

打てば響《ひび》くように即座《そくざ》に答えが返ってくる。これは助かる。

というわけで、この際なので愁の菌能の正式名称についての答え合わせを敢行《かんこう》する。正式に狩人になるとなれば、「燃える玉」とか「菌糸ハンマー」とか適当に呼んでいたらこっ恥《ぱ》ずかしい思いをするかもしれない。

街中で燃える玉などの実物を見せるわけにもいかないので、いったん門の外に出て、適当に森の中に入って人気のない場所で行なうことにする。

「よろしくお願いします、ノア先生」

「はい、シュウくん」

十八歳《さい》の女の子にくんづけで呼ばれたことに若干興奮《じゃっかん》したのは内緒《ないしょ》だ。

ノアも他人の菌能をまじまじ見る機会がそう多くあったわけではなく、大半はひいじいの手帳と狩人ギルド発行の〝菌能事典〟なるガイドブックが頼《たよ》りになる。愁が菌能を一つずつ見せ、それの正式名称を照らし合わせていく。

まずは第一の菌能、再生菌糸。改め、【不滅《ふめつ》】。

概要《がいよう》は昨日《きのう》聞いたとおりだ。〝糸繰士《いとくりし》〟のみのチート自己治癒《ちゆ》能力。半不死、そしてほぼ不老。通常の分類には当てはまらなそうだが、大別すれば肉体操作に入りそうだ。

第二の菌能、菌糸刀《きんしとう》。改め、【戦刀《せんとう》】。

〝騎士《きし》〟の代名詞とも呼べる菌糸武器のスキルだ。ちなみに大ぶりの【大太刀《おおたち》】や両刃《りょうば》の剣《けん》の【騎士剣《きしけん》】というのもあるらしい。

第三の菌能、燃える玉。改め、【火球《かきゅう》】。

こちらは〝幻術士《げんじゅつし》〟の代名詞的攻撃系《こうげき》玉術《ぎょくじゅつ》だ。レベルの低いうちに覚える傾向《けいこう》の多い入門的な能力ながら、レベルアップにつれて威力《いりょく》も向上していく。

第四の菌能、菌糸盾《きんしたて》。改め、【円盾《まるたて》】。

硬菌糸《こうきんし》の防具スキルだ。一部の若者はオシャレに〝ペルタ〟と呼んだりもするらしい。

第五の菌能、治療玉《ちりょうだま》。改め、【聖癒《せいゆ》】。

回復系玉術のレアスキルで、【治癒】の上位版だ。ちなみに【聖癒】が白地に赤十字、【治癒】が白地に緑十字だそうだ。

第六の菌能、菌糸ハンマー。改め、【戦鎚《せんつい》】。

力自慢《ちからじまん》の狩人に人気の脳筋武器。柄《つか》の部分だけ長さを変えることができる点も特徴《とくちょう》だ（そこだけ柔菌糸的な性質があるとかなんとか）。

ちなみに、菌職《きんしょく》はメインで覚える菌能の種類だけでなく、ステータス――つまり身体能力もそれぞれの傾向に偏《かたよ》るらしい（もちろんレベルによるし個人差もある）。

たとえば〝騎士〟なら肉体の頑強性《がんきょうせい》、〝闘士《とうし》〟なら筋力や持久力、〝狙撃士《そげきし》〟は集中力や精密動作性といった風な具合だ。

「〝細工士〟は器用さとかすばしっこさには秀《ひい》でてるんですけど……〝騎士〟とか〝闘士〟とくらべると肉弾戦向《にくだんせん》きじゃないし、サポート要員的な感じですかね」

ちょっとぼやき節が入っているあたり、ノアは自分の菌職に不満があるらしい。

そして肝心《かんじん》の〝糸繰士〟はというと――

「どうなんでしょう？　聞いたことないですし、事典にも載《の》ってないし」

データも情報もないらしい。愁自身、他の誰かと比較《ひかく》したこともないので、そのあたりはおいおい検証していくしかないだろう。

気をとり直して、第七の菌能、電気玉。改め、【雷球《らいきゅう》】。

【火球】の雷属性版。【氷球】や【風球】などもあり、要は各属性魔法《まほう》的なものか。

〃幻術士〃と〃療術士《りょうじゅつし》〃は魔法職のイメージどおり、運動能力はそう高くないという。その代わり持久力というか菌能を使うスタミナが高めで、やはり肉弾戦よりバンバン菌能を使って戦う感じだそうだ。

第八の菌能、菌糸大盾《おおたて》。改め、【大盾】。

名前がニアミスなのは偶然《ぐうぜん》というか必然というか。【円盾】よりも多少レアらしい。

第九の菌能、跳躍力《ちょうやくりょく》強化。改め、【跳躍《ちょうやく》】。

これもそのままの名前だが、人気の高い肉体操作系スキルだとか。ノアからすると「喉《のど》から鼻血が出るほどほしい能力」だそうだ。

第十の菌能、感知《かんち》胞子《ほうし》。改め――該当《がいとう》名なし。

「……ん？　どゆこと？」

「塵術《じんじゅつ》なのは間違《まちが》いはないと思いますが……該当する能力の情報がないんです。ボクも初めて聞いたし。ていうか、どういう能力なのか理解できないんですけど……」

愁も論理的に説明するのは難しい。ありのまま言ってしまえば、胞子が一定量付着した物体の相対位置や立体的な構造を把握《はあく》できる能力だ。

視覚的というか、もう一つの目で見ているというか、脳で直接感じるというか。虫が複眼で捉《とら》える世界を人間が想像するのは難しい、というのと同じ感じだろうか。

「シュウさんだけのユニークスキルだったりするかもですね、もしかしたら」

「やべえ、その言いかた興奮するわ」

ともあれ名前がないと不便だ、便宜的《べんぎてき》にそのまま【感知胞子】と呼ぶことにする。

「ていうか……あと七個もあるんですね。もうずるいです、シュウさん」

そんな風に頬《ほお》を膨《ふく》らませてすねる顔があざとい。でも許そう。

第十一の菌能、解毒玉《げどくだま》。改め、【解毒】。

緑色の球体に白抜《しろぬ》きの十字模様。体内に入った毒物の類《たぐい》を浄化《じょうか》させる効果があるらしい。病気が治るわけではないという話からすると、細菌《さいきん》やウイルスには効果がないのかもしれない。【治癒】と並ぶ〝療術士〟の看板スキルだ。

第十二の菌能、煙幕玉《えんまくだま》。改め、【煙玉《けむりだま》】。

【解毒】と同じ菌糸玉だが〝幻術士〟寄りだそうだ。攪乱《かくらん》から撤退《てったい》までマルチに役立つし、愁も何度も救われてきた。【感知胞子】とのコンボはチート級かもしれない。

第十三の菌能、獣除《けものよ》け胞子。改め、【退獣《たいじゅう》】。

塵術系統の「あると非常に便利な能力トップ10」の常連スキルとかなんとか。レベル差というか戦闘《せんとう》能力の差が大きければ大きいほど、あるいは嗅覚《きゅうかく》に優れた獣ほど効果が高くなるらしい。

「そういやこれ、タミコには全然効かないんだよね」

「ふえっ？　なんりすか？」

「お前寝てたろ」

「ボクも別になにも感じませんし、ってことは人間にも効かないってことですよね。魔獣も同じなのかもしれません」

「まあ、効くやつ効かないやついたし、そういうもんなのかもね」

「おわったらおこすりす」

「だから寝んなよ」

そして、これまでまったく使ってこなかった第十四の菌能――謎《なぞ》の白ドングリ。

やや光沢《こうたく》を帯びた白っぽい金属状の表面、そのままドングリに似た形状。菌糸刀などと同様かたすぎるので食べるのも不可能。愁の腕力《わんりょく》で放ればそれなりの凶器《きょうき》にはなるが、それくらいしか使い道が思いつかなかった。

「菌職の話聞いてから思ってたんだけど、もしかしてこれが〝狙撃士〟の菌糸《きんし》弾《だん》？　弾丸《だんがん》菌糸《きんし》？　ってやつじゃね？」

ノアが頭を抱《かか》えている。なんだか困った感じだ。

「……ご明答です。【白弾《はくだん》】ですね、〝狙撃士〟の菌能です」

「うひょー！　ようやく来たわ〝狙撃士〟！　確かに銃弾《じゅうだん》っぽいフォルム……だけど、これどう使うの？　銃《じゅう》にこめんの？」

「お尻の部分を親指で強くはじくんです。力をこめて」

ノアとタミコを後ろに下がらせ、目の前の木に狙《ねら》いをつけ、思いきり親指ではじく。

バチッ！　と強い手応《てごた》えが指に伝わり、白ドングリが高速ではじかれる。白い直線の軌《き》道《どう》を描《えが》いたそれが木の幹にベキッ！　と突《つ》き刺《さ》さる。

「うおー……」

「りすー……」

「お尻の部分に強い衝撃《しょうげき》を与《あた》えたり熱を加えたりすると、反発して飛ぶそうです」

こういう風に使うものだったのか。確かにはじいた勢いよりも強く飛んでいった感じがした。タミコが試《ため》しにかじろうとしたこともあったが、なんとなく危なさそうだからと止めておいて正解だった。こんな危険な代物《しろもの》だったとは。

「前もちょろっと言いましたけど、〝狙撃士〟はちょっと特殊《とくしゅ》で、【白弾】とか【炸裂弾《さくれつだん》】とか菌糸弾のスキルは〝狙撃士〟だけしか習得できない貴重な能力なんです」

「どゆこと?」

「たとえば『【戦刀】を使える〝闘士〟』というのは普通《ふつう》にいますけど、〝狙撃士〟以外で菌糸弾を習得できる人はいないみたいなんです」

「なるほど、〝騎士〟とか〝闘士〟が菌糸弾を覚えることはできないってことか」

「そういうことです。なのにシュウさんは……ずるい、ずるすぎですよ」

「なんかごめん」

めりこんだ弾丸《だんがん》をまじまじと観察してみる。埋《う》まり具合は弾丸の全長の四分の三ほどだろうか。摩擦力《まさつりょく》でも加わったのか、穴の周りが若干焦《じゃっかんこ》げている。

この威力だけを見れば、オーガやオルトロスクラスの相手では決定打とまではいかないかもしれない。殺傷能力なら【火球】や【雷球】のほうが高いだろう。

とはいえ、弾速や速射性という点では驚異的《きょういてき》だ。もっと早く気づいていればと思うとちょっぴり悔《くや》しい。今は狙った場所や動く標的に当てられる自信はないが、訓練次第《しだい》では必ず役に立つ日が来るだろう、と思いたい。

さて、残る能力はあと三つ。若干ふてくされ気味のノアにもう少しだけ付き合ってもらおう。タミコだから寝るな。横になって尻を掻《か》くな。お前最近ちょっと太ってきたぞ、シルエット完全に毛玉だぞ。

第十五の菌能、胞子光。改め、【光刃《こうじん》】。

厳密な分類上は塵術だが、上位菌職〝聖騎士〟のみが習得できるという超《ちょう》レアスキルだそうだ。ノアの視線が痛い。

「盾とかハンマーにもまとわせられるけど、【光刃】なんだね」

「戦闘特化の能力ですけど、まさに英雄《えいゆう》の資質というか。カッコいいから〝聖騎士〟に限らず狩人みんなすっごい憧れるんですけどね」

まあ、ビームサーベルに興奮しない日本人はいないだろう。

ノアが間近で見たいというので、試しに菌糸刀改め【戦刀】に光をまとわせ、手頃《てごろ》な木を切《き》り倒《たお》してみせる。口をあんぐり開けて呆然《ぼうぜん》とするノア。

「すいません、全狩人に謝《あやま》ってもらえますか？」

「ほんとごめん。俺のせいじゃないけどごめん」

第十六の菌能、菌糸腕。改め、【阿修羅《あしゅら》】。

先ほどもちらっと聞いたが、これも超レアスキルだそうだ。【光刃】が〝聖騎士〟の奥《おう》義《ぎ》なら、こちらは〝獣戦士〟の奥義という感じか。

ノアが動かしてみてくださいというので、試しにジャンケンしてみる。折り悪く愁が勝ってしまう。「いけない子！」と菌糸の手をぺしぺし叩《たた》いて叱《しか》っておく。

「はいはいすいませんでした。次行きましょ」

「やさぐれないで。次で最後だから」

第十七の菌能、鉄拳《てっけん》。改め、【鉄拳】。

最後は一言一句ピタリ賞だ。【戦刀】などと同じ硬菌糸系だが、白でなく光沢感のある銀色なのは「菌糸の密度」が関係しているとのこと。先ほどの二つとくらべればそこまでレアではないが、硬菌糸の中では随一《ずいいち》のかたさを誇《ほこ》るという。

これですべての能力の検証が完了《かんりょう》。愁はノアにメモしてもらった名前を確認《かくにん》する。

【不滅】、【戦刀】、【火球】、【円盾】、【聖癒】、【戦鎚】。

【雷球】、【大盾】、【跳躍】、【感知胞子】、【解毒】。

【煙玉】、【退獣】、【白弾】、【光刃】、【阿修羅】、【鉄拳】。

名前がわかるとすっきりするものだ。今度一度マンガみたいに技名をさけんでみようか
……などと想像して恥ずかしくなったのでやめておく。

「〝糸繰士〟が反則級だってのは有名な話ですが、人気スキル、レアスキルのオンパレードじゃないですか……ボクすっごい惨《みじ》めになってきました……」

「ズルシューりす」

「だからごめんて。文句はメトロの神様に言って」

「でもズルムケじゃねえりす、カセーりす」

「漏《も》らすまでこしょるぞ」

ここまで二時間近くかかってしまった。もうすっかりお昼すぎ、菌能使いまくりでお腹《なか》もペコペコだ。

「ノア、あたいのきんのうもナマエあるりすか？」

「ごめん姐さん、カーバンクル族の能力までは事典には載ってないみたいで……」

しょんぼリス。

「でも、ナカノ付近の支部とか、カーバンクル族と関わりの深い場所ならわかるかも」

「また一つナカノに行く理由ができたな」

「りっす！」

ちなみにタミコの菌能は六つだ。

聴覚《ちょうかく》強化、菌糸甲羅《きんしこうら》、リスカウター、前歯硬化《こうか》、保護色、そしてリス分身。

六つ目はボススライムの胞子嚢《ほうしのう》で習得した能力だ。うっすら白っぽい菌糸製のシマリスを生み出すことができる。タミコ自身の意思（念波？　脳波？）で遠隔《えんかく》操作が可能らしい。一度に出して操《あやつ》れるのは今のところ一体までだ。

「人間で当てはめると……一つ目は肉体操作の【聞耳《ききみみ》】ですね。二つ目は【白鎧《はくがい》】とか【棘鎧《きょくがい》】に近いかも？　三つ目は……該当するのはなさそうです。ていうかシュウさん並みにチートですよね。まさに生きる試し紙」

「ざっくりだけどね」

「ざっくりす」

一瞥《いちべつ》しただけで相手の強さをざっくり推《お》し量《はか》ることができる。どんな強敵が潜《ひそ》んでいるかもわからないこの世界においては、生存率に大きく関わる超強力《ちょうきょうりょく》なアドバンテージだ。愁自身もどれだけその恩恵《おんけい》に与《あずか》ってきたことか。

「カーバンクル族特有のスキルなのかも。種族の中でもレアな能力だったりして」

「あたいはひとあじちがうオンナりすね」

しゃなりとくびれをつくるタミコ。やはり前より太った気がする。あとでデブリスといじっておく。

「前歯硬化は【鉄拳】と同じ原理だと思います、色も似てるし。保護色は【透明《とうめい》】とか【隠身《かくれみ》】に近いかなあ……最後のリス分身は、柔菌糸系統の【分身】と同じやつですかね。結構レアスキルですよ」

「なんとなく名前わかってよかったな」

「あとでもっかいおしえるりす」

「憶《おぼ》えきれんかったか」

ノアの手帳に書いてもらったので、あとで復習することにする。狩人ギルドの面接の際に必要になるかもしれないから。

「そういやノアは菌能二つだっけ？　よかったら改めて見せてくれる？」

「はい、ズルシュウ様にくらべたら底辺ゴミカスレベルの能力ですけど、それでも見ていただけますか？」

「お昼はノアの好きなもんでいいからね」

ふてくされながらもノアは能力を見せてくれる。

一つ目、【短刀】。刃渡《はわた》り二十センチほどのナイフの菌糸武器。強度的には【戦刀】とほぼ変わらないらしい。

二つ目、柔菌糸の【白紐《しらひも》】。菌糸を撚《よ》り合わせた丈夫《じょうぶ》な紐だ。長さは自由に調節可能、がんばれば最長三十メートル程度まで伸《の》ばせるらしい。その小さな（一部大きな）身体のどこにそのような余剰《よじょう》体積があるのか。この国は質量保存則が仕事していない。

「そもそも〝細工士〟はあんまり戦闘向きじゃないっていうか……だから同業者にもちょっと軽く見られがちっていうか……他の系統を覚えられればいいんですけど、ボクの才能はあのとおりですし……」

「いや、むしろ狩人っていうか冒険者《ぼうけんしゃ》っぽいじゃん。俺なんか脳筋系がメインだし、むしろ便利そうな能力ばっかじゃん」

お世辞でなく本心で言ったつもりだが、それでノアは機嫌《きげん》を直し、るんるんと軽い足どりで帰路を先導する。

ふと、愁の頭に一つの疑問が生じる。それがぽつりと口からこぼれる。

「菌能ってさ、なんなんだろうね」

ノアと彼女の頭に乗ったタミコが振《ふ》り返《かえ》る。二人そろって首をかしげる。

「いやさ……俺らの身体に謎の菌糸が寄生してて、それを俺らが利用してるってのはギリギリ理解できたけど。たとえばこの菌糸武器ってさ、なんでこんな人間の武器に似た形状になるんだろうね」

うまく伝わらず、二人はさらに首をかしげる。身体ごと折れ曲がるほどに。

「菌糸が撚り合わさってこの形になってるってことだろうけど、だとしたらなんでこんな刀とかハンマーとかナイフとか、規則的っていうか画一的っていうか、事典になるくらいみんな同じ形になるんだろうって。粘土《ねんど》細工みたいにさ、みんなもっと自由に変な形になってもいいわけじゃん？」

「言われてみるとそうですけど……菌能についても、あるいはボクらの身体に宿る菌糸にしても、その原理や正体は未《いま》だに解明はされていません。こういうものだって割り切って使ってる感じですかね」

「まあ……百年経《た》っても解明されてないんなら、シン・トーキョー五歳児の俺なんかが多少考えてもわかるもんじゃないか」

「アベシュー、おなかすいたりす。はやくするりす、このヌケサクが」

「もうちょいお行儀《ぎょうぎ》よくせんと、そのうちチタタプされるぞ」

愁はてのひらに目を落とす。

（なんつーか、誰かがつくったみたいな能力だよな）

（菌職にしても、ゲームの設定みたいっていうか）

メトロの氾濫《はんらん》、〝超菌類汚染《ちょうきんるいおせん》〟、都民に寄生した菌糸。

あるいは百年前に起こった事象は、

「――……天災、じゃなかったりして……」

誰にともなくつぶやいた言葉は、二人には届かない。

愁は頭を振り、二人のあとについて歩きだす。

＊＊＊

この国でいう狩人とは、メトロの探索《たんさく》やメトロ獣の狩猟《しゅりょう》を生業《なりわい》とする職業人だ。とりわけフリーではなくギルドに所属する公認《こうにん》の者を一般的《いっぱんてき》に指す場合が多い。

ギルドに入れば組合費や所属地への貢献《こうけん》活動などの義務も課されるが、成果物の売却《ばいきゃく》などは市場にツテがなくても適正価格でやってもらえるし、ギルドに寄せられた業務依頼《クエスト》も受けられる（獣害の解決や素材採集など）。

ギルドに加入するには、適正な資質（レベルと菌職）を持った上で、各支部の試験を受ける必要がある。スガモ支部の場合は、面接官による面談だ。

スガモではその登録審査会《しんさかい》が月に一度開かれる。タイミングがいいのか、愁たちが地上に出てきて五日目の今日がその開催日《かいさいび》だ。

そこではマンガやラノベにありがちな「お前の実力を見せてみろ」的な脳筋試験は存在しないらしい。レベルも菌職も試し紙で可視化された指標として確認することができるからだ。血液一垂らしで適性が丸見え、それがシン・トーキョー式。

つまり――無策のまま試験を受けると、百パーセント〝糸繰士〟がバレるのだ。

そうなっては本末転倒《ほんまつてんとう》。なので、いかに愁の正体を見破られずに試験をパスするか。それが肝心だったのだが――オブチとノアのおかげで、とりあえず対策は立てられた。

あとはそのシミュレーションどおり、うまくやるだけだ。

(なんだけど)

(不安しかねえ)

面接はあまり得意ではない。百年の時を経て甦《よみがえ》る、就活一勝二十七敗の悪夢。

「じゃあ……行ってくる」

「行ってらっしゃい。どうかがんばって」

ノアや仲居さんたちに見送られ、愁とタミコは宿を出る。

陽射《ひざ》しがどんより重たい目に眩《まぶ》しい。緊張《きんちょう》で昨晩あまり眠《ねむ》れなかったのは内緒だ。

「アベシュー、ねれなかったりすか？」

「バレたか」


狩人ギルドとは、メトロの探索やメトロ獣の狩猟などを生業とする者たちの社会的な立場の管理・把握・取締《とりしまり》を行ない、彼《かれ》らの活動を支えつつその業績を国や都市に還元《かんげん》するために発足《ほっそく》した組織だ。

所属する狩人を組合員、ギルドの運営側を運営職員として構成されている。

組合員を志望する者は、職員による審査《しんさ》を受ける必要がある。社会からの信用に値《あたい》する人物であるかどうか、事前にその能力や人間性などを面接でチェックされるのだ（そこまで厳密ではないらしいが）。

ちなみに本部は都庁にあり、各都市ごとに置かれているのが支部だ。大枠《おおわく》の方針以外は各支部でそれぞれ独立して運営され、総じて駐留《ちゆうりゆう》する都市への帰属や癒着《ゆちやく》のほうが強いケースが多い。オブチ曰《いわ》く「スガモはそれなりに中立」だとか。

スガモ市の中心部、市議会の講堂から少し北側に歩いたところに営業所がある。正式には「狩人ギルド　スガモ支部営業所」。

民家や店舗《てんぽ》などよりも数段がっしりとした建築物の多い中心部で、そのウエスタンな小洒落《じやれ》た店構えは若干浮《じやつかんう》いて見える。三階建ての大きな建物だ。

中に入ると、一階の正面奥《しようめんおく》には窓口があり、職員がデスクで仕事をしている。まるで郵便局や役所のようだ。

手前側の待合スペースには立呑《たちの》みのテーブルがいくつか並んでいて（椅子《いす》はない）、狩人らしきジャージ姿の人たちがコップや軽食を手に談笑《だんしよう》している。右奥には飲食物を出すらしきカウンターもある――なんというか、いかにもフィクションのテンプレ的冒険者の集会所然とした姿だ。

窓口で（字の書けないタミコの分と合わせて）二人分の手続きをし、促《うなが》されるままに二階に向かう。

別の職員に通された待合室には誰《だれ》もいない。愁は二列十脚《きゃく》並べられた椅子の一番端《はし》に詰《つ》めて腰《こし》を下ろし、タミコもその隣《となり》にちょこんと座《すわ》る。

毎月開催《かいさい》だからそう人数も多くないとは思っていたが、まさか自分たちだけ――と、狩人のジャージを着た少年が入ってくる。汗《あせ》だくで「間に合ったー！」などとさけんだりしつつ、「お、可愛《かわい》いおチビちゃん。よろしくね」とタミコの隣に座る。

十二時を迎《むか》えると、ここからほど近いところにある時計塔《とけいとう》の鐘《かね》の音が聞こえてくる。女性職員が愁たちの前まで進み、くいっと眼鏡を上げる。

「それでは時間になりましたので、狩人新規登録審査会を始めます。登録の際に必要な条件は、十五歳以上、犯罪歴の刻印がないこと、菌能を習得できる菌職であり、かつレベル10以上であることです。よろしいでしょうか？」

「あたいじゅっさいりす！」

「えーと……カーバンクル族ですね。魔獣《まじゅう》の方は種族ごとに年齢《ねんれい》制限が若干異なります。カーバンクル族は六歳以上で可能ですので、問題ありませんよ」

「ノアにもそう言われたじゃん」

「りすっけ?」

女性職員が苦笑《くしょう》している。若い男もくすくす笑っている。

「全員問題ないようですね。では一人ずつお呼びしますので、ここでお待ちください」

「あ、すいません」と愁が挙手。「俺、こいつとコンビでやってるんですけど、二人一緒《いっしょ》でもいいですか?」

「りす」

「はい、そういうことであれば」

女性職員が部屋の隅《すみ》に移動する。準備が整うまで少し待つようだ。

「――ねえねえ、おじさん」

若い男が話しかけてくる。

愁は一瞬《いっしゅん》、唖然《あぜん》として言葉を失う。

人生で初めて「おじさん」呼ばわりされたことが信じられない。

(俺? 俺のことだよね? 俺のほう見てるし)

(俺まだ二十八だよ? あ、おっさんか)

(つーか実際は百三十歳だよ? あ、クソじじいやん)

「おじさんっていくつ? 俺18なんだけど」

人懐《ひとなつ》こい笑《え》みを見るに悪意がないのは伝わってくる。だがしかし、ノアと同い年か。

（クサレＤＫじゃねえか）

（うちのノアのが八倍賢《かしこ》そうだぞ）

「俺《おれ》はね、まあね、二十八だけどこう見えて」

「え、マジで⁉　28で新人⁉　今までなにやってたの⁉」

寝《ね》てた、とは言えない。

「あたいはじゅっさいりす」

割って入るタミコ。

「あ、いや。レベルの話だよ、可愛いおチビちゃん」

（レベルの話だったの？）

「あたいは40りす」

（あ、俺タミコより格下ってことになった）

「え、は？　40って、嘘《うそ》でしょ？　ルーキーで28とか40って、もう中堅勢《ちゅうけんぜい》じゃん。今までずっとフリーでやってたの？」

（あ、これタミコがボロ出す流れだ）

「あたいはうまれてからずっとメトロにいたりす。ごねんまえにアベシューと――」

「タミコ、静かにしようかね」

愁はタミコの頬をにゅーんと引っ張ってモミモミ。

「ヒー！　あはいのはいいひなほおふふほ《あたいのだいじなほおぶくろ》！　いたいりふ！　いた――くない……？　え、むしろこれは……？」

「目覚めんな」

女性職員が軽く咳払《せきばら》いする。それで会話がいったん途切《とぎ》れる。

ほどなくして後ろのドアが開き、男性職員が入ってくる。

「お待たせしました。では最初の方、どうぞ」

「がんばれよ！　おっさんとおチビちゃん！」

愁は眉間《みけん》の青筋を隠《かく》しながら笑顔《えがお》で応じ、タミコとともに部屋を出る。

＊＊＊

案内された面接室では、二人の面接官がソファーに座って待っている。

どちらも若い女性だ。左側は他の職員と同じ白シャツ、右側は狩人のジャージ。

「失礼します」

入室の際、お辞儀《じぎ》と同時に挨拶《あいさつ》。基本は大事。

「どうぞ、こちらへおかけください」

「あ、はい」

愁たちは二人の向かいのソファーに腰を下ろし、彼女《かのじょ》らと正対する。

どちらも美人だ。職員のほうはゆるふわの茶髪《ちゃぱつ》でおっとりした雰囲気《ふんいき》、対照的に狩人のほうは黒髪《くろかみ》を後ろに結《ゆ》ってきりっとした感じ。いずれもアラサーくらいだろうか。

「アベ・シュウさんとタミコさんでよろしいですか？」

「あ、はい」

「りっす」

「本日は登録審査会にご参加いただき、ありがとうございます。面接試験を担当させていただくカイケと申します。こちらはスガモ支部の組合員代表をされているアオモトさんです。今回の面接の立会人としてご同席いただいています」

「よろしく」

印象どおりにこやかなカイケと、無愛想でピリピリしたアオモト。アメとムチ、太陽と北風。面接というより刑事《けいじ》ドラマの取り調べだ。

「というわけで、さっそく始めさせていただきます」

「りっす！」

元気よく挙手する怖《こわ》いもの知らずのリスっ娘《こ》。こいつもノアとオブチからいろいろと仕込まれてきたので、あとはそれを練習どおりに披露《ひろう》するだけだが――。

「よ、よろしくお願いします……」

やはり愁は緊張を止められない。面接怖い。

「まずはお二人のレベルと菌職を確認させてください」

そして、いきなり来た。本日の山場。

テーブルに二人分の試し紙が並べられる。レベル用の目盛りのあるものが二枚と、六角形模様の菌職用のものが一枚。

「こちらをお使いください」

ゆるふわカイケが画鋲《がびょう》のようなものを置く。樹脂《じゅし》の円盤《えんばん》から針が一本突き出ている。それで指を刺せということか。

「タミコ、これでできる？」

「あたいはまえばでやるりす」

なにか微笑《ほほえ》ましかったのか、カイケがくすっと口元を緩《ゆる》ませる。クールそうなアオモトもカーバンクル族が珍《めずら》しいのか、タミコをじっと見つめている。

「……あ」

この試し紙、レベル50まで用だ。確か三十円。

まあ、新人の測定用に高いほうを提示するわけがないか。

「どうかしましたか？」

「いえ、なんでもないです」

愁は意を決して指に針を刺し、レベルの試し紙に血をにじませる。愁に続くようにタミコも自らの前歯で指先をちょこっと噛《か》み切り、丸い枠《わく》の中にぺたんとスタンプする。

するすると赤い線が伸びていき、

「……え？」

愁は目盛りいっぱい50で、タミコは40で止まる。

「……は？」

カイケもアオモトも呆然としている。

「アベシュー、ちりょうだまほしいりす」

指をぴちゅぴちゅ舐《な》めるタミコ。

「はいよ、ちょっと待ってな――」

「ちょっと待て！　なんの冗談《じょうだん》だこれは⁉」

アオモトがテーブルを叩いて身を乗り出す。

「今日面接に来た新人が、レベル50だと⁉　そっちのか――カーバンクル族の子も40⁉　ありえないだろ！」

「すいません、50までのほうじゃ測りきれなくて」

「は……？　じゃあなにか、50よりもさらに上だと言いたいのか？」

「はい、一応」

絶句するアオモト。わなわなと肩《かた》を震《ふる》わせ、そして怒鳴《どな》る。

「カイケさん、別の試し紙を出してくれ！　100までのほう、三枚だ！」

「は、はい……」

愁はドキドキしつつ、背中を汗だくにしつつ、「だいじょぶだ、うまくいってる」と内心で自分に言い聞かせる。

最初に自分から申し出なかったのは、「なにを馬鹿《ばか》な」と鼻で笑われそうだったのと、あえてこうしてインパクトを残すためだ。この先の、次の展開につなげるために。

カイケが壁際《かべぎわ》の棚《たな》から新しい試し紙を持ってくる。

アオモトがひったくるように画鋲を手にとり、その先端《せんたん》をジャージの袖《そで》でよく拭《ふ》き、自分の指に刺す。丸枠に垂らされた彼女の血は、50の目盛りを少し越えたところで止まる。

（おーすげえ、52か）

（オブチさんとあんまり年変わらなそうなのに）

「……紙に問題はなさそうだな……二人とも、悪いがもう一度やってくれ」

「あの、もっかい画鋲借りていいですか？　俺――じゃなくて僕《ぼく》、私？　【自己再生】持ちなんで、もう傷ふさがっちゃってて」

愁が指を差し出すと、アオモトがその手を掴《つか》み、鼻が触《ふ》れんばかりに顔を近づける。実際は【自己再生】ではなく【不滅《ふめつ》】の効果だが、この程度の傷では青黒いカビは現れないのでバレる心配はない。

なにを思ったか、アオモトがなんの断りもなく愁の指に画鋲を突き立てる。

「いてっ！　ちょ、なにすんの――」

返事も謝罪もなく、愁の指をぐりぐりと試し紙にこすりつける。目盛りに沿ってするすると赤い線が走るのを、カイケと二人でじっと凝視《ぎょうし》する。そして――青ざめる。

「……68……ですね……」

「……50どころか……68……ありえない……」

「あたいもやったりすけど」

タミコもう一枚おかわりしていたが、誰も見ていなかったことに不服そうだ。

「えっと、アベさん？」とカイケ。

「あ、はい」

「未登録の自由民、というのは本当ですか？　元は他の支部に所属していたとか……」

「いえ、どこにも」

「服を脱《ぬ》げ！」とアオモト。「上着だけでいい、裸《はだか》になれ！」

年上（仮）のお姉さんに高圧的に「服を脱げ」と命じられる。普通なら反発するところかもしれないが、若干《じゃっかん》そわっとするものがないわけではないのは内緒《ないしょ》だ。

「あたいはケガワしかきてないりす」

「君はいい」

言われたとおり上着を脱ぐ。この世界で手に入れた細マッチョボディーを、女性二人があらゆる角度からまじまじとチェックする。

このシン・トーキョーでは身体につける刻印（特殊な刺青《いれずみ》）が身分証の一種になっているという。有戸籍《こせき》者はもれなく「どこの都市の住民か」を示す刻印があるし、狩人《かりゅうど》なら狩人専用の刻印もプラスされる。重犯罪で裁かれた場合もその罪に相応する刻印をつけられるらしい。全国民強制タトゥー、ある意味合理的かもしれないが、銭湯ガー人権ガーと喧々囂々《けんけんごうごう》としていた時代だったら炎上間違《えんじようまちが》いなしの文化だ。

ちなみに刺青は特殊な菌糸《きんし》植物由来のインクを使用しており、たとえ皮膚《ひふ》ごと削《けず》りとっても完全に除去することはできないらしい。綺麗《きれい》に消せるのは役所や狩人ギルドなどの企《き》業《ぎょう》秘密的技術のみだそうだ。

「……ありませんね。刻印も、それを除去した痕跡《こんせき》も……」

「……ああ……ブサイクな乳首《ちくび》しかない……」

「ちくカビりす」

「ほっとけや」

「申込書の記載《きさい》のとおり、狩人未登録の自由民、ということになりますね……」

「そうなるな……」

美人のお姉さん二人に裸をまじまじ観察されるおしおきだかご褒美《ほうび》だかが終了《しゅうりょう》し、全員着席する。カイケは若干戸惑《じゃっかんとまど》ったような困ったような表情で、アオモトはもっと困ったように頭をがしがし搔きむしっている。

「えーと……あ、すいません。もう着ていただいて結構です」

「あ、はい。あ、タミコ、【聖癒】いる？」

「いるりす」

愁がしゅるしゅると菌糸玉を出すと、タミコが中身の汁《しる》を指につけ、残りをしゃくしゃくと頬袋《ほおぶくろ》に詰《つ》め込んでいく。唖然とするカイケとアオモトを尻目《しりめ》に。

「【聖癒】だと……？」

「ということは、アベさんは〝療術士〟ですか？　それとも〝導士〟？」

——来た、釣《つ》れた。

愁は首を振る。

「いえ、〝聖騎士《せいきし》〟です」

てのひらから【戦刀】を出す。カイケがのけぞり、アオモトが中腰《ちゅうごし》になる。

「あ、すいません。いきなり武器なんか出しちゃって」

それを床《ゆか》に置き、続けて【円盾】、【解毒《げどく》】も出す（【解毒】はタミコの頬袋に直行）。

「他に【大盾】と【戦鎚】と【光刃】、【跳躍《ちょうやく》】と【退獣】も使えます」

「【自己再生】、【聖癒】、【戦刀】、【円盾】、【解毒】、【大盾】、【戦鎚】、【光刃】、【跳躍】、【退獣】……十個も……」

カイケが腕《うで》に抱えたクリップボードにがりがりとペンを走らせる。

「待ってくれ、えっと、アベくん。【光刃】だって？　見せてくれ」

「はい」

愁は床に置いた【戦刀】を手にとり、そこに胞子光《ほうし》をまとわせる。

立ち上がり、足で【円盾】を垂直に蹴《け》り上《あ》げ、光る刀身を振り下ろす。【円盾】が真っ二つになって床に落ち、からからと転がる。

カイケは「きゃっ！」と頭を庇《かば》うように身を縮めるが、アオモトのほうは目を見開いてきっちり見届けてくれる。そして口をあんぐり開けてぶるぶる震えている。

「……確かに【光刃】だ。ということは、間違《まちが》いなく〝聖騎士〟……レベル68というのもうなずける……」

アオモトはうなだれるようにして頭を下げる。

「……アベくん、疑ってすまなかった……組合員代表を務める身でありながら、数々の非礼……このとおり、お詫《わ》び申し上げる……」

「いや、そんな……全然だいじょぶっすから……」

などとひらひら手を振りながら、愁は内心「計画どおり」と邪悪《じゃあく》な笑み。ここまでの流れ、ほぼすべてがシミュレーションどおりだ。

愁にとって今回の最大の課題は、「いかにしてあのカオスな菌職用試し紙を見せずに面接をクリアするか」だった。

オブチが知り合いの元職員からスガモ式面接の流れをヒアリングしたところ、要は試《ため》し紙を使わずに自分の菌職を明かし、それを信じさせることができればいい、という抜《ぬ》け道《みち》が判明した。

その人の情報によると、「試し紙は必ずしも書類として保存されるものではない」ということだった。

その場で面接官がレベルや菌職をチェックして、書類の形に書き留めた用紙のほうが保存される――今カイケがそうしているように。試し紙とは特殊《とくしゅ》な菌糸植物を素材としており、使用済みのものはそう長くもたずに腐《くさ》ってしまうからだ。

新人にあるまじきレベルを見せた時点で面接官が動揺《どうよう》することは想定内だった。そこへタミコに【聖癒】を使う流れから、極《きわ》めつけの【光刃】――〝聖騎士〟のみが習得可能な超レアな菌能――を自然な形で披露することで、愁の菌職が〝聖騎士〟であると信じ込ませることができた。

これで菌職の試し紙を使う必要はなくなったはず。最大の障壁《しょうへき》だった第一関門は見事クリアとなったわけだ。

「……だが、やはりどうしても……前代未聞《ぜんだいみもん》すぎる……」

「へ?」

アオモトががたっと立ち上がる。

「中し訳ないが、アベくん――私とスモーをとってくれ。君の力が本物かどうか、この身で体験してみたい」

「へ？」

ないと高を括《くく》っていた「お前の実力を見せてみろ！」イベント、まさかの勃発《ぼっぱつ》。

にしても、スモー？　相撲《すもう》？

＊＊＊

アオモトがソファーとテーブルを端にどかし、カイケが床にチョークで半径五・六メートルほどの円を描《えが》く。

その中心に、愁はアオモトと向かい合って立たされる。

「あの、スモーって……？」

どすこい的なアレでいいのだろうか。

「シジ・トーキョーの国技も知らないのか。スモーとは、土俵という枠の中で互《たが》いの力と技を競《きそ》い合う真剣《しんけん》勝負だ」

「国技なんすね（この世界でも）」

「ああ。殴《なぐ》り合《あ》い斬《き》り合い菌糸玉を投げ合い、どちらかが戦闘《せんとう》不能になったら決着だ」

「思ってたんと違《ちが》う」

神聖な土俵でまわし以外のものを用いるのは冒涜《ぼうとく》的行為《こうい》ではないか。十万年生きた悪魔《あくま》に知られたら人類みな蝋人形《ろうにんぎょう》。

「まあ、ルールは時と場所によって違うがね。今回は軽く力試《ちからだめ》しをするだけだからな、菌能なし、目突《つ》き金的噛みつきなしでどうだ？」

「え、つーか、それを僕とアオモトさん？　でやるんすか？」

ここへは狩人になるために来たのだ。角界の新弟子《しんでし》検査に来たわけではない。

「狩人の業界では各支部で大会を開いたりもする。君も狩人になりたいのなら、まわしの一つも嗜《たしな》んでみるといい」

そうしてカイケから革製《かわせい》のぶっといまわしと、綿の詰まったオープンフィンガーグローブを渡《わた》される。やはり殴り合えというのか、解《げ》せぬ。

「ちなみにですが、アオモトさんは当支部の前回スモー大会の優勝者です。〝スガモの横綱《よこづな》クイーン〟の異名を持っています」

（ちょっとだせえ）

「まあ、伯父《おじ》さん——副代表がサボったからな。スガモの〝獣戦士〟の中では私が一番高レベルだし」

と謙遜《けんそん》しつつまんざらでもない顔でボキボキと指を鳴らすアオモト。〝獣戦士〟、オブチの〝闘士《とうし》〟の上位菌職だ。ゲーム風に言えば「筋力補正が高くて自己バフ系スキルが得意な肉弾《にくだん》脳筋系」。

「すいません、アオモトさんスモー大好きでして……自分より強い人に挑戦《ちょうせん》するのが生きがいなんで……」

そのチャレンジスピリッツには敬服するが、巷《ちまた》ではそれを公私混同と呼ぶ。

「でも……ほんとは私もちょっと見てみたいです。アベさんの強いところ」

ゆるふわ美女に上目遣《うわめづか》いでそう言われると、時には回避《かいひ》できない流れがあるのも社会人たるつらさゆえかと腹を括らざるをえない。

「一応確認《かくにん》なんすけど、勝敗は合否に関係ないっすよね？」

「もちろんだ。勝ったら合格でも、負けたら不合格でもない。ただし……逆に私を気遣《きづか》って手加減などされると、ひどく傷ついて面接に支障が出るかもな？」

冗談めかした風ににやっとするアオモトだが、愁はごくりと喉《のど》を鳴らす。

「……はい、全力でやります」

　カイケが軍配のようなものを持って間に立つ。行司か。というが軍配がなぜ面接室に常備されているのか。

「アベシュー、がんばるりすー」

　タミコが棒読みの声援《せいえん》をくれる。ソファーの背もたれの上に「涅槃《ねはん》のポーズ」で寝そべっている。飽《あ》きたのではなく相棒の勝利を確信してのリラックスだと信じたい。

「にぃしぃ～」

「すまないカイケさん、時間がないから省略しよう」

「あ、はい」

　若干イラっとしたゆるふわ美女をよそに、アオモトがぺこりと頭を下げる。

「スモーに限らず、試合とは礼に始まり礼に終わる。それが単なる暴力との違いだ。互いに禍根《かこん》を残さない試合をしよう」

「あ、はい。恨《うら》みっこなしで」

「見合って見合ってー！　ハキヨーイ、ノコターー！」

　カイケのなぜか片言っぽい掛《か》け声《ごえ》で、
　アオモトが前へと床を蹴り、
　愁はそれを迎え撃《う》たんと身構える。

スガモの狩人の道へと至る大一番だ。

と思いたい。


「はあっ！」

パーの張り手ではなく普通《ふつう》にグーパンチが飛んでくる。「ちょっ――――！」と慌《あわ》ててかわさなければ鼻をつぶされていた、まったく躊躇《ためら》いのない威力《いりょく》と軌道《きどう》だ。

「さあ、かかってこい！」

爛々《らんらん》と目を輝《かがや》かせたアオモトの黒髪が躍《おど》る。懐《ふところ》に潜《もぐ》り込んでの肘《ひじ》打ち、からのショートフック、からの前蹴りと流れるような連続コンボ。

愁はそれらを丁寧《ていねい》に回避し、捌《さば》いた――ところで飛び膝《ひざ》が迫《せま》ってくる。「うおっ！」とたまらずバックステップするが、

「あっ！　セフセフ⁉」

ラインをちょっぴり踏《ふ》んでしまう。これで試合終了？

カイケ行司が軍配を振り、抑揚《よくよう》のない声で「ノコター、ノコター」と続行を催促《さいそく》。ラインを完全に越《こ》えない限りセーフのようだ。

「しゃあっ！」

一瞬の隙《すき》をついたアオモトの上段回《まわ》し蹴《げ》り。かわせない、愁は腕を上げて受ける。わずかにサイドステップして減衰《げんすい》させるが、それでもビリビリと痺《しび》れるほどの威力だ。

「まだまだぁ！　屁《へ》の突《つ》っ張《ぱ》りはいらんのだよっ！」

アオモトの追撃《ついげき》。至近距離《きょり》からの細かい打撃《だげき》で愁の捌きをかいくぐろうとする。

その血走った目を見ればわかる、新人面接の一環《いっかん》であるという趣旨《しゅし》を忘れて本気でＫＯを狙《ねら》いにきている。スモジョの意味《み》を履《は》き違えた女が怖い。

（この人――つええ！）

目の前のスレンダー美女から発揮されるオーガのごとき超人《ちょうじん》パワー。体積比ではオブチの半分もないだろうにカイケ「ノコター、ノコター」その怪力《かいりき》はオブチより遥《はる》かに上だ。スガモ代表の地位は伊達《だて》ではないということか。

「ふははっ、さすがだなアベ関！　私の攻撃《こうげき》がここまで完全に見切られるとはっ！」

「誰がアベ関っすか！」

「だがなっ、スモーの辞書に後退の文字なし！　前に出ない者に土俵の神は微笑まんぞっ！」

（めんどくせえ！）

高レベルの〝獣戦士〟、その身体能力はオオツカメトロ深層の獣《けもの》並みだ。加えて獣では到底《とうてい》再現できない徒手空拳《としゅくうけん》の高度な技術。戦闘力《せんとうりょく》だけならあの野盗の頭領より上だ。

だが――愁は体感で悟《さと》る。

それでも勝てない相手ではないと。

多少の被弾覚悟《ひだんかくご》で突っ込めば余裕《よゆう》で押《お》し切《き》れるだろうと。

問題はそこではない。女性に手を上げるのも気が引けるし、手加減無用とて当の面接官に圧勝してしまうのも「ノコター、ノコター」カイケうるさい。

――と、受け止めようとした拳《こぶし》が想定上に伸《の》びてくる。

てのひらのガードごと押し込まれ、「んぐっ！」と顎《あご》を打ち抜かれる。

速さが上がっている。腕を畳《たた》んでガードをかためるが、デタラメにぶつけられる拳の雨はやはりこれまでにない重みを帯びている。

〈こいつ、自分で菌能なしって言ったのに！〉

いつの間にか彼女の肌《はだ》に、腕や首筋に、幾筋《いくすじ》もの赤い線が浮《う》かんでいる。明らかに普通ではない、菌能による変化だ。

「すまんっ！　素面《しらふ》では埒《らち》が明かないようだからなっ！」

おそらくは愁の【跳躍】やタミコの聴覚強化《ちょうかくきょうか》のような「ノコター、ノコター」自身の身体機能を一時的に強化する類の菌能。パワーというか筋力を強化しているようだ。

「土俵は戦場だ！　力こそが正義だ！　スモーは強いんだよぅ！」

よだれを垂らしながらラッシュをかけるアオモト。

荒《あら》らげた呼吸、血走った目、獣じみた表情。ガンギマっているスモジョ怖い。

ガードをこじ開けた膝が脇腹《わきばら》に刺《さ》さる。「うぐっ！」。コンビネーションのアッパーが顎先をかすめ、さらに畳みかけてくる大振《おおぶ》りのフックを、

（――くそっ）

愁はかざした腕でそれを受け、肘関節に引っ掛けるようにして下ろす。同時に身体を前に突き出して密着させ、上手からまわしをとる。

（もういい）

正面から組んだ体勢で荒らげた呼吸を整えながら、まわしを握《にぎ》りしめる指に全身の力を集約させる。意外と乳がとか着痩《きや》せするのねとかいう邪念《じゃねん》は振《ふ》り払《はら》う。

あちこち殴られて痛くて腹が立ってきた。カイケの「ノコター、ノコター」もいい加減なんかじわってきた。もういい、ここからが本気だ。

今、心に決めた。

狩人になる前に一丁、横綱になってやる。

面接？　ここは土俵だ。

「どっせい！」

足を引っ掛け、力任せの上手投げ。

完全にとった、と思いきや。

アオモトは「ぐっ！」と片足で強く踏み出し、自らぶわっと跳躍して投げを回避。

愁はすかさず着地したアオモトを引き寄せて足払《あしばら》い。これもアオモトは自分から跳《と》んで足の絡《から》みを外し、力ずくで振りほどく。

「へっ！　伊達《だて》に横綱じゃねえなっ！」

「きっ！　君こそようやく本気になったな！　いいだろう、受けて立つっ！」

面接に来たんだよな、と頭の隅で誰かがつぶやく声は今さら聞こえない。

そこからは打撃戦《だげきせん》から一転、がっぷり四つの真っ向勝負となる。

どちらが土俵に膝をつくか、投げと崩《くず》しの応酬《おうしゅう》。雄々《おお》しく美しい相撲。愁が仕掛《しか》けた渾《こん》身《しん》の投げは、図《はか》らずも横綱のプライドをくすぐったようだ。

鈍《にぶ》い音とともに衝突《しょうとつ》する肉体、飛び散る汗。

互いの裂帛《れっぱく》のおたけびが部屋を震わせる。

アオモトの菌能バフを加味しても、身体能力はそれでも愁のほうが上だ。

それでもさすがは百戦錬磨《ひゃくせんれんま》の大横綱《だいよこづな》。冷静さをとり戻したアオモトは、その技術でもって愁の猛攻《もうこう》をいなしつつ、暗闇《くらやみ》に身を潜《ひそ》める獣のように一瞬の隙を窺《うかが》っている。

闘志《とうし》が鎬《しのぎ》を削り合う。魂《たましい》が互いを認め合う。それが相撲だ「ノコター、ノコター」。

「おおおおおおおっ！」

「あああああああっ！」

この新世界に目覚めるまで、阿部《あべ》愁は本気の喧嘩《けんか》をしたことがなかった。

幼稚園《ようちえん》児の折に些細《ささい》な諍《いさか》いから同級生とぽこぽこ殴り合ったのが最後の記憶《きおく》だ（結果は両者ギャン泣きによる引き分け）。

荒事《あらごと》とは無縁《むえん》の平穏《へいおん》で平凡《へいぼん》な人生。だが、だからこそというか――精神的モヤシっ子ならではの格闘《かくとう》マンガ信仰《しんこう》。人間には到底真似《とうていまね》できないと憧《あこが》れに胸を焦《こ》がした、文字どおり別次元の必殺技《ひっさつわざ》の数々。

今なら、今の自分ならそれができる――。

「これで――」

アオモトが肘を引き下げて愁の体勢を崩し、身体を引きつける。

「終わりだ――！」

渾身の上手投げ――だが、あえて自分から崩れてそれを誘《さそ》った愁は、ギャリッと歯を食いしばり、低く踏ん張って耐《た》える。

下手から腰を払って相手を浮かせ、頭に手をかけて背負う。

横綱を食らう鬼《おに》の一太刀《ひとたち》が今、実現する。

「鬼車《おにぐるま》ぁああっ！」

アオモトの身体が宙に浮かび、背中から真っ逆さまに落ちていく。

「うぁあああっ！」

ズンッ！　と部屋が揺《ゆ》れる。ぱらぱらと天井《てんじょう》から埃《ほこり》が舞《ま》い落《お》ちる。

そして――カイケ行司の軍配が上がり、

「アベ・シュウ！」

勝ち名乗りが高らかに響《ひび》く。

仰向《あおむ》けに倒《たお》れたアオモトが、悔《くや》しげに歯を噛みしめている。投げの最後で愁が力を緩めたことに気づいたのだろう。

「……私の、完敗か……ありがとう、アベ関……君の勝ちだ……」

「……こちらこそ、ありがとうございました……横綱……！」

体力と気力を消耗《しょうもう》し、ふらつきながらも――勝者としての誇《ほこ》りを胸に、愁はアオモトに手を差し出す。互いに肩に手を置いて健闘《けんとう》を称《たた》え合い、勝利を見届けてくれた相棒のほうに振り返ると、タミコはヘソ天して寝ている。

＊＊＊

さあ帰ろう。

横綱との死闘《しとう》を制し、この上ない充足感《じゅうそくかん》に包まれている。今日のごはんはおいしく食べられそうだ。

「アベシュー、メンセツわすれてるりす」

目を覚ましたアホリスに至極《しごく》真っ当なツッコミをされて我に返る。身体から立ち昇《のぼ》っていた国宝級のオーラがふっと消える。

みんなで面接室を元の形に戻す。廊下で支部の偉《えら》い人から説教を受けていたらしいアオモトが戻ってきて、ようやくまともな面接が再開される。

「ごほん、えー……」とノコターもといカイケ。「それでは面接を再開させていただきます。先ほどは申し訳ございませんでした。正規の試験から多少逸脱《いつだつ》があった点は否《いな》めません。職員としてお詫び申し上げます」

「すまなかった」とアオモト。「君があまりにも強かったので……私もつい本分を忘れて勝負にのめり込んでしまった。君には謝罪してばかりだが、ここに重ねてお詫びする」

「いえ、こちらこそ……」

「だが、これだけは言わせてほしい。技術も経験も私のほうが明らかに先んじていた。だが勝負を覆《くつがえ》したのは純然たる君の強さ、積み上げてきたそのレベルだ。君は本物の強者《つわもの》だったよ、アベ氏」

「いえ、アオモト関こそ本当に強かったです。今度は……もしスガモの狩人になれたら、支部大会の決勝で会いましょう」

「ああ、それまでは私も無敗を貫《つらぬ》こう。君も他の誰《だれ》かに負けたりするなよ、アベ関」

タミコとカイケの生ぬるい視線をよそに、改めて握手《あくしゅ》を交《か》わすライバルの図。愁として は若干下心あり。これでアオモトの判定を少しでも有利に持ってこれるはず。

「アベ関、じゃないアベさん。申込書によると、イケブクロトライブ領北東の集落出身ということですが……これまでの経緯《けいい》をお聞かせいただけますか？」

ここからだ。つい熱くなったがスモーはどうでもいい。ここからが本当の勝負だ。

「はい。少し長い話になるかもですけど……」

＊＊＊

アベ・シュウはトーキョー暦《れき》七十九年（今から二十八年前）、イケブクロトライブ領にほど近い十世帯前後の小さな集落で生まれた。

集落の民《たみ》はほとんどがイケブクロに籍《せき》を置く領民だったが、シュウたち親子だけは無戸《むこ》籍《せき》の自由民だった。

父は狩人だった。人付き合いの苦手な変わり者のためギルドに所属せず、優秀《ゆうしゅう》な腕を持ちながら群れることを嫌《きら》い、自らの腕っぷしのみを恃《たの》んで生きていた。母親についてはシュウも知らない、父は一度も話さなかったから。

無戸籍のために領内の学校には通えず、文字と知識は父から学んだ。また、学校に通う同世代の子たちや、彼《かれ》らから借りた教科書がよき先生になってくれた。

五歳《さい》になると、森への狩猟《しゅりょう》に連れていってもらえるようになった。畑と家畜《かちく》を頼《たよ》りに暮らす近隣《きんりん》住民と互いの恵《めぐ》みを分け合いつつ、その緩やかで安定した暮らしはシュウが十二歳になるまで続いた。

ある日、シュウたち親子が不在の折、集落を大型メトロ獣が襲《おそ》い、多くの死傷者が出た。その獣は父が追って討伐《とうばつ》したが、生き延びた人々は集落での暮らしの限界を悟り、少ない蓄《たくわ》えをはたいて領内へ転居することになった。父は仕留めた獣を解体して売り払い、その金を彼らに餞別《せんべつ》として持たせた。

抜け殻《がら》となった集落の跡地《あとち》で、親子二人は生活を続けた。シュウは父の下で座学と訓練に明け暮れながら青春期を迎えた。十三歳になったのとほぼ同じ頃《ころ》に、シュウのレベルは15に到達《とうたつ》した。

――十五歳になれば、狩人ギルドに入れる。真っ当な市民として生きていける。

「お前には可能な限り俺《おれ》の知識や技術を与《あた》えてきた。それを人生においてどのように使うかはお前次第《しだい》だ。お前はお前の道を選べばいいさ」

そんな話をして、父が初めて酒を注いでくれた。最初で最後の父との晩酌《ばんしゃく》はうまくはなかったが、喉を通すたびにポカポカと温かくなったことだけは憶《おぼ》えている。

翌日、二人はオオツカメトロに向かうことになった。

父のレベルは60。〝騎士〟としての腕前《うでまえ》はまぎれもなく一流だった。カトブレパスなどの強力な獣でさえ容易に退け、ほとんど苦戦することなく地下三十階まで下りた。道中での狩《か》りでシュウは父の背中を守ることに手応《てごた》えを感じつつあった。

「ここよりもっと下に、誰も手の出せない強力なボスがいるらしい。俺はそいつを討伐したい。だが、ここから先はいっそう険しい道のりになる。獣はどんどん強く狡猾《こうかつ》になっていく、メトロとはそういう場所だ。お前に恐《おそ》れがあるなら、ここで引き返そう」

「父さん、恐れがないと言ったら嘘《うそ》になります。ですが、それ以上に俺は、父さんを信じています。目の前に道があるのなら、その先に狩るものがいるなら、進みましょう」

「そうか。ではお前の信頼《しんらい》にかけて、俺の命に代えてもお前を守ろう」

結果として、その約束は守られることになった。

父はその身をもってシュウを守り、そして散った。

地下四十階台後半に巣食う不定形の不気味な水塊《すいかい》の群れ、その王たるスライム。当時はサタンスライムというあだ名もついていなかったが、この世の誰より強くたくましい父の力をもってしても及《およ》ばない、まさしく魔王《サタン》の名にふさわしい怪物《かいぶつ》だった。

壮絶《そうぜつ》な死闘の中で、父は足を奪《うば》われ、トラップの扉《とびら》によって退路も絶たれ。

逃《に》げることも倒すことも叶《かな》わないと悟った。

最後の力を振りしぼり、息子《むすこ》を下層への階段へと逃がした。

父を喪《うしな》った息子は、さらなる危険地帯へと突き落とされた。

悲しみと絶望を抱《かか》え、凶悪《きょうあく》な獣のひしめくメトロの深層で、シュウはたった一人で生きることを余儀《よぎ》なくされた。

やがて父の仇《かたき》を滅《ほろぼ》し、再び地上の太陽を拝むまでに、十五年の月日を要することになるとは、そのときのシュウには思いもよらないことだった――。

そして、これらは全部嘘だ。

＊＊＊

面接官二人に話しているのは、愁自身の「リスと二人で五年間メトロ漂流記《ひょうりゅうき》」と「ノアの少女時代の身の上話」をミックスしてつくったアベ・シュウの偽伝記《にせでんき》だ。

愁の本当の生《お》い立ちや経緯、能力を隠《かく》すための都合のいい展開に捏造《ねつぞう》されている。二人と二匹《ひき》が何度も推敲《すいこう》を重ねた合作大長編であり、そのリアリティーたるやそこらのダンジョンものばかり書いているネット小説家も裸足《はだし》で逃げ出すというものだ。

アオモトとカイケは、固唾《かたず》を呑《の》んで悲運の少年アベ・シュウの壮大《そうだい》な冒険譚《ぼうけんたん》（嘘）に聞き入っている。

仕事とはいえここまで真剣に耳を傾《かたむ》けられると、愁としても心が痛む。真面目《まじめ》で善良そうな女性二人に経歴詐称《さしょう》をぶちかましているのは大変忍《しの》びないが、誰も不幸にしない嘘ということで勘弁《かんべん》してもらいたい。晴れてスガモの狩人になれた暁《あかつき》にはきっとこの支部に貢献《こうけん》してみせる（決意）。

「……十五年、そこで生き延びました。幸運にも獣に見つからない隠れ家を見つけて、地道にコツコツと、ゴブリンや狼《おおかみ》を狩って着実にレベルを上げていきました。オルトロスやオーガなんかは尻尾《しっぽ》巻いて逃げるのが精いっぱいだったけど……」

「想像を絶する過酷《かこく》さだな……」とアオモト。「メトロの深層に、十三歳でたった一人とり残されたなんて。一カ月生き延びられただけでも奇跡《きせき》というものだ」

「……必死でした。『命に代えてもお前を守る』と言ってくれた父を嘘つきにしないためにも、僕は死ぬわけにはいかなかったんです」

自分が絶賛大嘘《おおうそ》ぶっこき中なのは全力で棚に上げておく。

「【自己再生】や【大盾】を習得してからはある程度無茶《むちゃ》も利《き》くようになって。父の仇を討《う》つ力を得るまではって、その一心でひたすらメトロ獣との戦いに明け暮れました。それから十年後——今から五年前に、タミコとはそこで会いました」

「りす？」

タミコが顔を上げてよだれを拭《ぬぐ》う。面接が再開したというのに再び爆睡《ばくすい》していたアホリス。メンタルつよつよか。

アオモトがタミコを睨《にら》んでいる。ぐぎぎ、と歯ぎしりが聞こえそうなほどの剣幕《けんまく》で。

「ひそひそ（あのひと、ときどきにらんでくるりす）」

「ひそひそ（リスに嫌《いや》な思い出でもあんのかね？）」

タミコの身の上話については八割以上真実で語られる。このエピソードの都合上、愁とタミコ親子が五年ほどニアミスし続けたという若干おかしな点も出てくるが、フロアの広さやおいそれと出回れるほど安全ではなかったことを強調しておく。

「それで、タミコのカーチャンが亡《な》くなってから一年後、今から五年前に僕たちは出会いました。それから一緒《いっしょ》に行動して、二人で協力し合って生きてきました」

「そうなんですね」

「そうなんりすか？」

「そうなんだよ（焦）」

「君たちのレベルが異常に高いのは……そんなにも長い間、深層の強力な獣たちと渡り合ってきたからか。その若さで68というのもうなずける……正気の沙汰《さた》とは思えないけどな。百人の狩人がいたら百人が生還《せいかん》を諦《あきら》める状況《じょうきょう》だ、私も含《ふく》めてな」

「でも……その十五年のおかげで、父の雪辱《せつじょく》を果たすことができました」

アオモトががたんっと身を乗り出す。

「倒したのか!?　サタンスライムを、君一人で!?」

「あたいもいたりすよ」

「ああ、すまない（じー）」

「サタンスライムの討伐……それが事実なら、本部に報告する必要がありますね」

「まあ、証拠《しょうこ》とかはなんもないんですけど……あいつのいた場所は空っぽになってると思うんで……」

愁は内心焦《あせ》る。嘘ではないが、無用な注目を浴びることになるのは困る。

「そんなこんなで地上に向かって、途中《とちゅう》で狩人の若い子と出くわして。浦島太郎《うらしまたろう》状態の僕《ぼく》たちによくしてくれて、この町にも連れてきてくれました。それが先日の話です」

「ウラシ――ああ、先史のお伽話《とぎばなし》ですか。よくご存じですね」

「あ、いや……父が昔寝《ね》る前に話してくれて……」

下手《へた》なことを言うものではない。内心ひやっとする。

「先日、このあたりに潜伏《せんぷく》していたという〝腕落ち〟の野盗を、通りすがりの狩人と自由民が討伐したという報告があったが、それは君のことか？」

「はい。ちょっとだけ手を貸しました」

「ほんとにちょっとだけ、かな（にやり）」

「あたいもてつだったりす」

「そうか（じー）」

さて、これで事前準備は全弾《だん》撃ち尽《つ》くした。あとは二人がこの冒険譚（嘘）と、目の前に座《すわ》る男とリスをどう受け止めるかだ。

アオモトは背もたれにどかっと身を預ける。大きく息をつき、深くうなずく。

「つくり話にしては荒唐無稽《こうとうむけい》すぎる、まるで絵本の英雄譚《えいゆうたん》のような話だ……けれど、だからこそ信じるしかないのだろうな。アベ氏、いやアベ関の強さは本物なんだから」

「ありがとうございます……アオモト関……」

土俵が結んだ絆《きずな》。

「ちなみに――」とカイケ。「お父様のお名前を伺《うかが》ってもよろしいでしょうか？」

「あー……アベ・コウです」

とっさに出たのは生みの父、リアル父の名前だ。

「フリーだったそうですが、すごい狩人《かりゅうど》さんだったんですよね？」

「もう誰も知ってる人はいないと思いますけど……立派な親父《おやじ》でした」

本物は缶詰《かんづめ》工場の経理部の平社員だ。立派は立派でも、嫁《よめ》には一ミリも頭の上がらない人だった。月の小遣《こづか》い三千円と聞いたときは泣きそうになった。

「タミコさん。お母さんとその相棒さんのお名前はわかりますか？」

「カーチャンはキンコりす。あいぼうは……ウスイ・カツオ？　だったとおもうりす」

「どこのトライブ所属だったかは？」

「きいてないりす」

彼らは地上で活動していた実在の狩人で、そこに至る経緯にもタミコの出生の流れにも嘘はない。調べられても綻《ほころ》びが出ることはないだろう。

そうですか、とカイケは口の中でつぶやき、かりかりとペンを走らせる。そのまま一分ほど、誰もなにも発さずにすぎていく。

「そうですね……今回のようなケースは、はっきり申し上げて前代未聞です。私の一存では……アベさんの合否も含めて、判断を下すのは難しいです。私どもの上司と相談の上、改めて合否を判断したいと思いますが、それでよろしいでしょうか？」

「あ、はい……マジすか……」

予想外。背筋が凍《こお》る。

オブチ曰《いわ》く、審査《しんさ》対象が自由民の場合、ギルドは信用をいっそう重視する。市行政側への戸籍《こせき》の代理発行という側面もあるからだ。

とはいえ、支部としては可能な限り優秀な人材を確保したいというジレンマもある。支部の成果や市の税収につながるからだ。危険人物ではないと判断してもらえれば、愁たちの即戦力性《そくせんりょく》は登用における大きな武器となるはずだが――。

ここで仕切り直しとなり、万が一「念のため改めて試し紙を――」などとなった場合、ここまで積み上げたものがすべて崩れてしまう。なんのために異世界相撲までとったというのか。

「カイケさん。ちょっと外で話さないか？　すまないが二人は少し待っていてくれ」

アオモトが立ち上がり、カイケを伴《ともな》って部屋を出ていく。ここまでの話を二人で協議するつもりだろう。アオモトから得た好感がいい方向につながってくれればいいが。

「ツレションりすか？」

「たぶん違うかな」

＊＊＊

「ここで彼らを不合格にしたところで、他の支部に登用されるだけさ。あれだけの強さだ、引く手はあまただろうからな」

「そうでしょうけど……」

「彼が生粋《きっすい》の自由民であることは明白だ、それに前科前歴もない。であればいつもどおり、信頼に足る『よき民』かどうかを面談で判断し、可否を決定すればいい」

「でも……」

「ここで貴重な人材の流出を許すことになると……その損失は痛い。現状我々は、名実ともに他の支部に一歩も二歩も遅《おく》れをとっている。私のような若輩《じゃくはい》が組合員代表を務めるくらいだからな」

「いえ、そんなことは……」

「まあ、彼が大ペテン師の極悪人《ごくあくにん》である可能性もゼロではないけれどね。手合わせをして、そして彼の言動をここまで見てきた限り、私にはどうしても悪人には見えないが……いや、どちらにせよ君ならわかることだろう？」

カイケは少し困ったような顔をする。

「……確かに二人とも、悪い人ではないようです。むしろ、今どき珍《めずら》しいくらい優《やさ》しくて温かくて……澄《す》んだ白と、さまざまな淡《あわ》い色合いの混ざり合った綺麗《きれい》な色でした」

「……そうか、よかった」

（でも……だからこそ、気になるんです）

内心の戸惑《とまど》いを、カイケは言葉にしない。

（アベさんの中に混じる、後ろめたい嘘の色が）

＊＊＊

二人が戻《もど》ってきて向かいに座り直すまでの間、愁はそわそわと所在なさげに太ももをこすったりしている。タミコもさすがに空気を読んで神妙《しんみょう》にしている。

「お待たせして申し訳ございません。以上で本日の面接は終了《しゅうりょう》となります」

「へ？」

「先ほどのお話と、それに野盗討伐にご助力いただいた実績と、おまけにアオモトさんに勝ったスモーの腕前と。ここまでの内容で合否を判断させていただき、後日改めてご連絡《れんらく》差し上げます。なにかご質問やご要望などはございますでしょうか？」

「いや、えー……いえ……」

正直、拍子抜《ひょうしぬ》けだ。事前情報では「試験者の人となりなどを把握《はあく》するための問答」があると聞いていたので、あらかじめ想定される質問と回答を準備しておいたのに。

ここまでのやりとりの中で、二人の性格なり癖《くせ》なり思惑《おもわく》なり、知らないうちに見抜《みぬ》かれてしまっていたりしたのだろうか。

万が一、万が一だが――

嘘がバレていたらどうしよう。

「では、私から最後に一つだけ、お訊《き》きしてもよろしいでしょうか？」

「あ、はい」

「……お二人は将来、どんな狩人になりたいですか？」

カイケの口から発せられたのは、想定していた質問の一つだ。

なので、あらかじめ考えていた答えを愁は口にしようとして、

（――――――？）

カイケと目が合う。

こんなにばっちり目が合ったのは今日初めてだ。

まっすぐな、

目から侵入《しんにゅう》して脳みそまで見透《みす》かすようなその視線を受けて、

愁は返答に詰《つ》まる。

口から出かかっていた回答が跡形《あとかた》もなく消えてしまう。

「いや、俺はその……まだはっきりとは考えてなくて……」

ある意味正直なというか、精いっぱいの答えがぽつりと口からこぼれる。

カイケは一瞬《いっしゅん》きょとんとして、それからふっと笑う。小馬鹿《こばか》にした風ではなく、どこか親密さを感じさせる微笑《ほほえ》みだ。

「そうですか、ありがとうございます。タミコさんはいかがですか？」

「あたいは、アベシューのリッパなあいぼうになりたいりす。カーチャンみたいに」

思わずタミコに目を向けると、彼女《かのじょ》はちらっと顔を上げて得意げに笑う。それを見て、愁は多少の気恥《きは》ずかしさを覚える。こいつのほうがよっぽどちゃんとしてるよな、と。

「……はい、ありがとうございます。質問は以上です。では、本日はこれで終りょ――」

「待った」

アオモトが鋭《するど》い声で遮《さえぎ》る。

「一つ忘れていたんだ。大事なことを」

唐突《とうとつ》な物言いにそわそわとする愁。これ以上のゴタゴタは勘弁してほしい。もう一番とせがまれてもさすがにさっきのような熱量は出せない。

「……アベ氏の刻印の確認は行なった。だが、タミコ氏のほうはまだだったな。疑うわけじゃないが……面接官としてはやはり確認しなければならない」

アオモトがのそりと立ち上がる。

「あたい、コクイン？　ないりすよ」

「わかっている。君のようなもf――違《ちが》う、体毛豊かな魔獣《まじゆう》の場合、刻印を入れるスペースは限られているし、なにかしらの取り外しできない装飾品《そうしよくひん》の発行で代替《だいたい》することも多い。とはいえ……面接官としては検《あらた》めざるをえないんだ。理解していただきたい」

「え、なにをするりすk――」

タミコのセリフを遮るように、アオモトががばっとタミコに掴《つか》みかかる。

「ああっ！　やっぱりもふもふ――じゃない、ここにはないっ！　じゃあこっちか⁉　ええっ⁉」

その指でタミコの身体をまさぐり、わしゃわしゃと毛を掻《か》き分《わ》ける。

「やっ、やめるりす！　そんなとこさわるんじゃねえりす！」

キーキーと響くタミコの悲鳴。これが正当な検査なのかと愁はカイケを窺うが、彼女は自分のメモ書きを読み込んで気づかないふりをしている。

「ああ、なんたる触《さわ》り心地《ごこち》……手に吸いつくようなフィット感……永遠ににぎにぎしたくなるこの尻尾……！　すまない、もう指が止まらない……！」

「ぴぎー！　おなかもむんじゃねえりす！　たすけてアベシュー！」

目を血走らせてリスにむしゃぶりつくアオモトには、横綱《よこづな》にふさわしき威厳《いげん》も組合員代表としての矜持《きょうじ》もない。薄々《うすうす》気づいていたが、要はオブチと同じ人種だ。絶えずタミコに送っていた視線はそういう類《たぐい》のものだったのだ。

「カイケさん、この人もしかしてポンコツですか？」

「でも愛されキャラですよ」

ポンコツは否定しないのか。人望あるポンコツ、人はそれをマスコットと呼ぶ。

「ああもう可愛《かわい》い！　違う、すまない！　あとでお詫《わ》びのドングリを山ほど、いや違う、これは正当な検査だ！　刻印はどこだ⁉　このふわふわのお腹《なか》か⁉　はあはあ、この純白の雲を掻き分けた先に刻印があるのか⁉」

「ぴぎゃー！　やめるりす、きもちわりぃりす！　きもち……ああっ……アベシュー……みないでぇ……！」

「ネトラレ感出すな」

＊＊＊

合否の連絡が来るまでの間、愁はもやもやしながらゴロゴロすごすことになる。

時間が経《た》てば経つほど、そしてほったらかしにされればされるほど募《つの》るこまごまとした後悔《こうかい》の数々。あのときああ言えばよかったこうすればよかったと悶々《もんもん》。あるいは諸々《もろもろ》の嘘がバレていやしなかったかと戦々恐々《せんせんきょうきょう》。いつしかタミコとノアには「いつまでうじうじしてんだ」という目で見られる始末。

そうして一日がすぎ、二日がすぎ、試験から三日後の朝。

ギルドの遣《つか》いと名乗る人物が宿を訪ねてくる。そのナリに愁は多少面食らう。

「――よお、君らが奇跡のルーキーコンビかい」

ロビーのソファーで寛《くつろ》いでいたのは、長身痩躯《そうく》のワイルド系イケオジだ。白髪《しらが》まじりの髪《かみ》をオールバックにして、額にはティアドロップのサングラス。身にまとうジャージは「それド〇キで買ったよね？」と訊きたくなるような全身銀色で、中に着ているのはアロハ柄のシャツだ。近づくとかすかに煙草《たばこ》のにおいがする。

「つっても、浴衣《そのナリ》じゃさすがに締《し》まらねえよな。おし、ちょっくら着替《きが》えてきなよ」

「はい？」

「おお、自己紹介《しょうかい》がまだだったな。俺はシモヤナギ、こう見えて狩人ギルドスガモ支部の副代表やってんだ。よろしくな」

「あ、はい……よろしくお願いします……」

その名は噂《うわさ》で耳にしている。この人がそうなのか。

他の支部にもその武名を轟《とどろ》かせた、スガモ最強の狩人。

通称《つうしょう》〝撃《う》ち柳《やなぎ》〟ことシモヤナギ・ヘイヤ。

現代表アオモト・リンの伯父《おじ》であり、お目付役の副代表だとか。

「えー、アベ・シュウくんとタミコちゃん。先日の面接の結果をお知らせします」

「あ、は、はい」

ごくりと喉《のど》を鳴らす愁とタミコ。

「結果は――――…………はい、追試！」

「……へ？」

ぽけっと口を開ける愁とタミコ。

「つーわけで君ら二人には、これから俺と一緒にメトロに潜《もぐ》ってもらいます。準備はいいかい？」

「よくないです」

「りす」

# スガモ西メトロ Labyrinth Metro

スガモ市の地下深くには二つのメトロが走っている。

スガモ第一メトロと第二メトロと呼ばれるそれらは互いに独立した地下構造体で、地表に近い第一は主に下水道として、第二は生活用水の水源として利用されている（宿の温泉も第二から引いているそうだ）。

それ以外に市周辺にはメトロがなかったため、近所に狩場のないスガモの狩人にとってスガモ西メトロの出現は天の恵みに等しいものだったという。

「先月見つかったばっかなんだが、調査が終わってねえから全面開放できてねえんだわ。お前さんらに手伝ってもらえると、俺もあちこちからせっつかれずに済むんでな」

「えっと、調査ってのは具体的になにを？」

「確認されてんのは今んとこ九階までで、今回はその九階を回りてえのさ」

最近知ったのだが、狩人の業界用語として、メトロの階層は一般的に「地下」を省略して数えるらしい（地域によって異なるし、「階層」と呼ぶ支部もあったりする）。地上に構

造があるメトロは「ほとんど」ないから、というのが理由だそうだ。

「わりと重要そうな案件ですけど……僕らでいいんですか？」

「へっ、そういう謙遜《けんそん》はもっと可愛げのあるレベルんときに言われたかったねえ。68と40だろ？　むしろお釣《つ》りが来るくれえさ。あ、ちなみに俺は69な」

先ほどタミコに耳打ちされた「アベシューとおなじくらいりす」は正解だった。愁《しゅう》にとっては初めて会う、自分よりレベルの高い人間だ。

「まあ、こちとらロートルの〝狙撃士《そげきし》〟さ。伸《の》びしろ考えりゃ、明日にもお前さんに抜《ぬ》かれそうだがな。つーわけで、俺が楽するためにもお前さんらの力を貸してもらいてえんだ。追加試験って名目なのは申し訳ねえが」

あの面接のあと、どういう話になったのだろう。

これもカイケやアオモトの提案なのだろうか。

「まあ……九階くらいなら危なくなさそうですし」

あくまでオオツカメトロで体感した範囲《はんい》ではだが。

「それがな……先に言っとくが、わりと厄介《やっかい》なやつらがはびこっててな。それで九階以降が今も封鎖《ふうさ》されてんだが……今回はお前さんと俺とで、そいつらを狩りてえのさ」

「厄介なやつら？」

「ああ――コカトリスとバジリスクだ」

＊＊＊

西門を抜けて、南側の街道より舗装《ほそう》の雑な道を歩くこと数十分。

「ここが……スガモ西メトロか」

愁とタミコにとっては二つ目のメトロ。オオツカメトロの地下鉄然とした出入口とはまた異なる、ごつごつとした岩場の中心に開いたほとんど垂直な縦穴だ。

「俺らスガモ勢にとっちゃ、渡《わた》りに船の新メトロだったんだがな。蓋《ふた》を開けりゃあ低層に場違《ばちが》いな野郎《やろう》どもが棲《す》みついてたって、タチのわりい話さ」

付近には狩人らしき男女が五人ほどたむろしている。「よお、お前ら」とシモヤナギが声をかけると、彼らは恭《うやうや》しく挨拶《あいさつ》を返し、愁とタミコをじろじろと見る。

「あそこの梯子《はしご》から下りるぞ。ちょっと深いから足滑《すべ》らしたり……って普通《ふつう》のルーキーみてえな気遣《きづか》いは無用かね」

「いえ、ありがとうございます。気をつけます」

シモヤナギのあとに続き、荒縄《あらなわ》と木板の梯子を慎重《しんちょう》に下りていく。確かに深い、到達地点が見えない。底を覗《のぞ》くのがちょっと怖《こわ》いほどだ。

「ひそひそ（アベシュー、ノアつれてこなくてほんとによかったりすか？）」

「ひそひそ（まあ、つっても俺らの試験だしなあ……）」

試験とはいえ、パーティー結成後の初仕事。当然ノアも同行したがったが、シモヤナギにやんわりと断られてしまった。

「ノアの分もがんばらなきゃな。お前もノアからもらったそれ、大事に食べろよ」

タミコが肩《かた》に提《さ》げた巾着袋《きんちゃくぶくろ》には、〝金きらナッツ〟とかいう木の実がぱんぱんに詰まっている。ノアが宿近くの乾物屋《かんぶつや》で買《か》い漁《あさ》り、道中のおやつとして持たせたのだ。

「これをノアだとおもって、だいじにたべるりす」

「うん？　うん」

愁もオブチから借りたショルダーバッグを提げている。中には非常食や水筒《すいとう》、解体用ナイフや小型のカンテラなどの最低限の冒険《ぼうけん》セットが入っている。こういうアイテムを持っていると真っ当な冒険感がして男の子心がくすぐられるものだ。

体感で二十メートルほど下り、丸く切りとられた空がずいぶん小さくなったところで、下に仄《ほの》かな明かりらしきものが見えてくる。愁たちにとっては目に馴染《なじ》んだ柔《やわ》らかな白光――メトロに巣食うホタルゴケの光だ。地面に下り立ったところでようやくほっと一息つける。

「ご苦労さん。そのうち工事して階段つくるって話だが、今以上に獣《けもの》が地上に出てきちまうから、せめて一階だけでも先に駆除《くじょ》を進めねえとなんだよな」

「ここを登って出てくるんですか？」

「ゴブリンや餓鬼《がき》、吸血コウモリあたりだな。一階は平面的にはそう広くねえんだが、あちこち立体的に入り組んでてな。なかなか駆除が大変なんだわ」

ホタルゴケの生《む》した明るい横穴が続いている。シモヤナギを先頭にその道をしばらく進むと、突然《とつぜん》視界が開ける。

「ほえー……」

「りすー……」

愁たちは高台のようなところにいる。眼下には岩肌《いわはだ》と苔《こけ》や菌糸《きんし》植物の織りなす地下空洞《くうどう》――愁たちの慣れ親しんだメトロの風景が広がっている。

自然と、背筋がこわばるのを感じる。肌《はだ》がぴりぴりと震《ふる》えている。

またここへ戻ってきたのだ――メトロ獣がはびこる地下世界に。

「さて――」とシモヤナギ。「こっからが本番、獣どもの領域だ。お前さんらのお手並み拝見といかせてもらうぜ」

＊＊＊

一階は端《はし》から端まで一・二キロ程度ということだが、シモヤナギの言っていたとおりアップダウンが激しく、無数の横穴も開いていて思った以上に広く感じられる。オオツカでも似たようなフロアはあったとはいえ、道のりの複雑さはそれ以上だ。

切り立った崖《がけ》を登り下りし、急な勾配《こうばい》を上下し、菌糸植物の茂《しげ》みを掻き分け、数メートルの亀裂《きれつ》を飛《と》び越《こ》えて。なかなかハードな冒険隊っぷりだ、菌糸人間になっていなければ開始十分で音を上げていただろう。

獣の姿もちらほら見かけられる。ついに初遭遇《そうぐう》の緑ゴブリン、額に鹿《しか》のような角の生えた兎《うさぎ》（ジャッカロープ）、腹がぽっこり出た体毛のない不気味な猿《さる》が餓鬼か。

リスカウターによればレベルはどれも10前後。なので当然ながら、

「……そうだったな、お前さん【退獣《たいじゅう》】持ちだったもんなあ……」

襲ってこない。

「使わないほうがいいですか？　試験にならない的な？」

「いや、それも含めてお前さんの力だしな。効かねえやつが出てきたら頼《たの》むわ」

一階は一時間とかからずに踏破《とうは》。長い階段を下って二階、そして三階へ。

そこで出くわしたのが小スライム（仮）だ。この動く泥《どろ》まんじゅうにトラウマを持つ愁とタミコは一瞬怯《いっしゅんおび》えるが、レベル15程度と判明したのでさくっと【戦刀《せんとう》】で両断。

そして、久しぶりの胞子《ほうし》嚢《のう》もぐもぐタイム。シモヤナギが辞退したのでタミコと分け合う。一際《ひときわ》苦くて酸《す》っぱいスライムのそれは、地上の味を知ってしまったあとだけあって一際まずく感じられる。

「……あたいたち、こんなのをだいじにたべてたんりすね……」

「……まずくても経験値だ、お残しはギルティーだからな……」

「つーか俺、【光刃《こうじん》】が見たかったなあ」とシモヤナギ。

「使えって言うなら使いますけど。ほら」

スライムの粘液《ねんえき》のついた【戦刀】に胞子《ほうし》の光をまとわせると、シモヤナギは「おーすげーすげー」と嬉《うれ》しそうに手を叩《たた》く――だがそれだけだ。反応が薄《うす》い。

（つーかこれ）

（なんの試験なんだ？）

単に実力を確認するだけなら、このへんのザコ敵を相手にせずともアオモトとの一番でじゅうぶん示したはずだ。【光刃】も面接の際にちゃんと見せたはずなのに。

改めて疑問に思う。

ここでシモヤナギはなにをさせたいのか。

これは本当に、ただの追試なのだろうか。


【退獣】の効かない敵は愁がワンパンで蹴散《けち》らし、シモヤナギはそれを「ほうほう」と高みの見物をし、タミコはひたすら金きらナッツを食い散らかし。

子犬みたいな形をした果物だったり硝子《がらす》細工のような透明《とうめい》なキノコだったり、道中でぽつぽつと興味深いものを見かけたりもするが、「わりいが今回は試験だからな」とシモヤナギに言われて泣く泣くスルーすることになる。今度来るときは営利目的だ。

小休憩《きゅうけい》を挟《はさ》みつつ四時間超《ちょう》の強行軍。起伏《きふく》の激しい地形のせいで必要以上に歩いた感があるが、道を知るシモヤナギのおかげで迷子になることもなく、一行は順調に六階への階段の前までたどり着く。そこで長めの休憩をとることにする。

「こいつで昼メシでもつくるかあ」

シモヤナギが血抜《ちぬ》きの済んだジャッカロープを持ち上げてみせる。兎肉は鶏肉《とりにく》っぽくてうまいと昔の人も言っていたので愁はわくわく、タミコもテカテカ（しこたまおやつ食っていたくせに）。

「つーわけで――お嬢《じょう》ちゃんも一緒にどうだ⁉　捌《さば》くの手伝ってくれよ！」

シモヤナギが後ろを振《ふ》り返《かえ》ってさけぶ。なにを、と愁が首をかしげたのも束《つか》の間《ま》、とぼとぼと背中を丸めて近づいてくる見慣れた人影《ひとかげ》――ノアだ。

「ちょ、ノア！　ついてきてたの⁉」

全然気づかなかった。

「お前さんは獣に集中してたからな、無理もねえ。お嬢ちゃんもバレんのを警戒《けいかい》してか、かなり離《はな》れてついてきてたからな」

【感知胞子《かんちほうし》】の範囲《はんい》外からついてきていたのか。よく道に迷わなかったものだ。

「そっちのおチビちゃんは気づいてたみたいだな。派手に金きらを食い散らかしてたのも、お嬢ちゃんの道標《みちしるべ》のつもりだったんだろ？」

「マジで？」

「ノアにこっそりたのまれたりす。だからしかたなくたべてたりす」

「嘘つけ」

パンくず用途《ようと》のために金きらナッツを渡したのか。タミコもグルだったわけだ。

「すいません、シュウさん……ボクも、どうしても二人の力になりたくて……」

彼女のジャージは泥や埃《ほこり》や返り血で汚《よご》れている。愁たちのあとに続いていたとはいえ、それなりにメトロ獣に襲《おそ》われたりしただろう。それに愁たちはわりと早足でここまで来た、ついてくるのも大変だっただろう。

そんな彼女が縮こまってズボンをぎゅっと握《にぎ》りしめているのを見て、愁は思わずその手を――彼女の頭に乗せてぽんぽんと叩く。今はこれが精いっぱい。

「若いってのは羨《うらや》ましいけどな、イチャつくんは試験終わってからにしてほしいわな」

「アベシューはドーテーのくせにヤリチンりす」

「ど……そっか、十三からずっとメトロ暮らしだったって話だもんな……」

シモヤナギが切なそうな目をする。愁としては否定したくてもするわけにはいかないのでぐぬぬ。

ノアが兎の皮を剥《は》ぎ、解体して串焼《くしや》きにする。塩胡椒《こしょう》のみの軽い味つけだが、あっさりとしたうまみとはじけるような肉質の柔らかさで軽く昇天《しょうてん》しかけるオオツカメトロ貧乏《びんぼう》舌コンビ。スガモの中心で「うまたにえぇん!」をさけんだけもの(リス)。

「もう一度確認しとくぜ。これから俺《おれ》らが狩《か》る、コカトリスとバジリスクについてだ」

ワイルドに兎の腿肉《ももにく》を貪《むさぼ》りながらシモヤナギが言う。

「コカトリスはトカゲのような鱗《うろこ》と尻尾を持つニワトリだ。対してバジリスクはその逆、ニワトリのトサカと羽を持ったトカゲだ。いずれも成体で体長二・三メートル程度の人型獣で、見た目はあべこべだがこいつらは同種の生き物だ」

「同種？」

「コカトリスとバジリスクは――」とノア。「卵の中で雌《し》雄《ゆう》が決まるのと同時に、どちらになるか決まるらしいです。雌《めす》ならコカトリス、雄《おす》ならバジリスクって具合に。もちろんコカトリスとバジリスクで番《つが》いになります」

「ほえー」

「りすー」

性的二型とかいうやつだったか。クワガタやライオンなどのように、雌雄で姿形がはっきり異なる種。要はそれをだいぶ極端《きょくたん》にしたバージョンということだ。

「まあ、生態についてはともかく――」とシモヤナギ。「どっちも地力自体はそこまで脅《きょう》威《い》じゃねえ。成長個体でもなけりゃ、レベル30程度の狩人ならタイマン張れるくれえさ。だがそれ以上に、やつらにはクソ厄介な特技があってな――」

「毒胞子、ですよね」

「……お嬢ちゃん、楽させてくれんのはありがてえが、ジジイにとっちゃ若者に講釈《こうしゃく》垂れんのも娯楽《ごらく》の一つなんだぜ？」

にやりとほくそ笑《え》むノア（「解説キャラの座は渡さんぞ」とばかりに）。

『その二種は異なる毒性の胞子を口から吐《は》きます。バジリスクは、触《ふ》れただけで激痛や神経麻痺《まひ》などを引き起こす強毒性の息です。浴びたら【毒耐性《たいせい》】持ちでものたうち回るほど痛いらしいので、すぐに【解毒《げどく》】などで処置する必要があります」

「チョー怖いんだけど」

「でも、そっちはまだマシなほうです」

「マシなの？」

「厄介なのはコカトリスの〝石トリモチ〟のほうです」

「トリモチって」

むしろ鳥を捕《つか》まえる側の道具だろうに。

「付着するとセメント状にかたまる粘液状の胞子塊《ほうしかい》を吐きます。前衛職でも身動きとれないほどカッチカチになるって話で。微妙《びみょう》に毒性もあるらしいですし、ボクは一度見かけたときは速攻逃《そっこうに》げました」

「うへー、厄介そうだなあ」

オオツカメトロでもオニムカデなど毒ブレスを使う獣は多少いた。【不滅《ふめつ》】のおかげで大事に至ったことは一度もなかったが――。

（バジリスクはわからんけど）

（コカトリスのほうは【不滅】関係なくやばそうだな）

「お嬢ちゃん、百点満点の解説ありがとよ。やつらぁ〝前衛殺し〟って呼ばれるくれえだ、〝騎士《きし》〟や〝闘士《とうし》〟はすこぶる相性《あいしょう》がわりい。うちの若え衆にゃ少々荷が重いからな、ある程度数が減るまでは八階より下はお預けってことになってんのさ」

「えー……俺、〝聖騎士〟なんですけど……」

「いやいや、レベル60超《ご》えで【解毒】持ちだろ？　むしろ今のスガモにゃこれほど適任な人材はいねえからな、だからお前さんをパートナーに選んだんだ」

「へ？」

「〝狙撃士〟は、菌職《きんしょく》ん中じゃ殴《なぐ》り合《あ》いは一際からっきしだからな。リン――アオモト代表にも、いい加減ガチンコじゃ敵《かな》わなくなってきちまった。そのアオモトに勝ったお前さん相手じゃ、どう転んでも勝ち目はねえだろうな」

「スモー大会サボったとか聞きましたけど」

「へへっ。まあ、勝ち逃げってのが〝狙撃士〟の本懐《ほんかい》みてえなとこはあるわな」

そう言って苦笑《くしょう》しつつ、シモヤナギは人差し指からしゅるしゅると糸を生み出す。それは愁もよく見知った白ドングリ――菌糸の弾丸《だんがん》の形をなす。

「俺の使える菌糸弾《きんしだん》は【白弾《はくだん》】、【尖弾《せんだん》】、【炸裂弾《さくれつだん》】。他に【望遠《ぼうえん》】なんかの補助系スキルもあるが、まあ一支部のトップにしちゃこっ恥《ぱ》ずかしいほど凡庸《ぼんよう》な構成さ。だが……お前さんが前線でやつらを食い止めてくれりゃ――おチビちゃん、動くなよ」

「りす？」

ぽい、とその手から兎の骨が放られる。

くるくる回転しながら緩《ゆる》やかな弧《こ》を描《えが》くそれが、愁の肩に乗るタミコの頭上へと飛んでいき、同時にシモヤナギが親指をはじいた瞬間《しゅんかん》――

バチュンッ！　と爆《は》ぜて木《こ》っ端微塵《ぱみじん》になる。「ぴぎゃっ！」と頭を庇《かば》ったタミコの上にぱらぱらと白いかけらが降り落ちる。

「狙《ねら》った的は外さねえ――だからよ、安心して背中預けてくれや」

ニヒルに笑うその男の静かな迫力《はくりょく》に、愁の肌が粟立《あわだ》つ。

――だが、今はそれよりも気になることがある。

「……タミコ、右肩《みぎかた》がほんのりあったかいんだけど」

「きのせいりす」

「じゃあなんで今左肩《ひだりかた》に移ったの？」

休憩を終え、ノアを加えて九階行きの行軍が再開される。

五階あたりからフロアが広がっており、シモヤナギによると六階は一階の倍以上らしい。出現するメトロ獣も平均レベル15以上はあるようだ。

それでもほとんどが【退獣】で尻尾《しっぽ》を巻いて逃げていくし、あるいは無謀《むぼう》にも襲ってきたらワンパンで仕留めておく。胞子嚢を頬張《ほおば》るノアは嬉しそうだ。

「すいません……全然役に立ってないのに、胞子嚢だけもらっちゃって……」

「まあ、仲間が強くなる分には俺らも助かるしね」

六階、七階と踏破し、八階の半ばに差しかかった頃《ころ》に、ホタルゴケの白い光が若干《じゃっかん》青みを帯びはじめる。夜が近づいている合図だ。

「ここまで予定どおりっつーか順調なほうだったが、中途半端《ちゅうとはんぱ》な時間になっちまったな……九階手前で一泊《ぱく》するか、それとも夜の狩りとしゃれこむか」

鳥かトカゲか、ベースがどちらにせよ昼行性のほうが多いはず――というのはあくまで前時代的な常識だ。メトロの夜は地上の夜よりも明るいし、獣たちもわりと昼夜関係なく出歩いていたりする（活動時間がはっきりしている獣も多いが）。

「九階のやつらはどんくらいいるんですか？　どんくらい狩れば？」

「かなりわんさか繁殖《はんしょく》してるって話だが、今回でざっくり確認してえとこだな。討伐《とうばつ》可能レベルの測定も兼《か》ねて、せいぜい十匹《ぴき》かそこらってとこか」

――このとき愁たちは、九階に通じる下り階段へと、シモヤナギの先導（というか彼《かれ》の持つギルド作の地図）に従って進んでいる。

愁たちはトの字型の路の「縦棒の下から上」に向かっている。その先が三叉路《さんさろ》なのは【感知胞子】によって気づいているが、合流する道側にまでは【感知胞子】は届いていない。

なので――最初に気づいたのはタミコだ。

「アベシュー、このさきなにかいるりす」

「え――」

向こう側の通路からのそりと姿を現す巨大《きょだい》な影《かげ》は、深緑色のトカゲのような二足歩行の爬虫類《はちゅうるい》。その背中には羽毛《うもう》を湛《たた》え、前脚《まえあし》の代わりに鳥のような翼《つばさ》がある。

――バジリスクだ。

背中を向けていたそれが振り返るより一瞬早く、愁は前へと駆《か》けだしている。

気づくのがワンテンポ遅れたため、五十メートル近く離れた状況《じょうきょう》での会敵。

走りながら【戦刀】を抜く愁。威嚇《いかく》するように「ギシャァアッ！」とおたけびをあげるバジリスクが、上体をぐいっとのけぞらせ、胸を膨《ふく》らませる――毒の息か。

こちらが間合いを詰めるほうが早い。いや、ギリギリか。

その瞬間、【感知胞子】の領域を後ろから一直線に突《つ》き破《やぶ》るものがある。

ビシュッ！　と乾《かわ》いた音とともにバジリスクの右目がはじける。「ギャァウッ！」とトカゲ頭がのけぞる。それに合わせて愁が投げ放った【戦刀】が腹部に突き刺《さ》さる。

相手がぐらりとよろける隙《すき》に距離《きょり》をつぶし、刺さった【戦刀】の柄《つか》を握って深く押《お》し込む。「おぉおおおっ！」とおたけびとともに上へと斬《き》り上げる。

腹から首元まで切り開かれた傷口から、どす黒い血が噴《ふ》き出《だ》す。断末魔《だんまつま》の悲鳴をあげることもなく、その巨体《きょたい》が倒《たお》れ落ちてずしんと地面を揺《ゆ》らす。

「……あー……びっくりした……」

気づくのが遅れたのもそうだが、そもそもここで遭遇するとは予想外だった。シモヤナギの話を信じるなら、少なくとも九階以降にしかいないはずだったから。

「なんでこいつが……どうなってやがる……」

事切れたバジリスクを見下ろしながら、シモヤナギも驚《おどろ》いている風だ。

「……階段に急ぐぞ。嫌《いや》な予感がしやがる」

警戒心《けいかいしん》を最大限に引き上げつつ、駆け足のシモヤナギに必死についていく。ノアがしんどそうなので、なるべく二人の距離の中間あたりを保つようにする。

（さっきのやつ、【白弾】だよな）

バジリスクの目を撃ち抜いたもの。シモヤナギの放った菌糸弾だった。

菌能事典《きんのうじてん》によれば、【白弾】で「離れたリンゴに当てる」のは熟練の狩人《かりゅうど》でもせいぜい一五メートル程度まで、弾丸の威力《いりょく》を維持《いじ》できる距離は最大でも三十メートル程度だという。意外と短いが、「ハンドガンにたとえればそんなものか」という感想だった。

先ほどの狙撃――シモヤナギはおよそ三十メートル程度まで近づいて撃った。最長射程ギリギリの、リンゴより小さくて動く的を正確に射抜《いぬ》いてみせたわけだ。同じ【白弾】を持つ身としては、そのすごさが嫌というほどわかる。

〈スガモ最強の〝狙撃士〟、か〉

ほどなくして、少し開けたところに出る。その奥《おく》には階段があるが、

「……どこの馬鹿《ばか》だ、勝手に蓋を開けやがったのは」

愁たちがオオツカメトロの隠《かく》れ家《が》でそうしていたように、階段は瓦礫《がれき》や岩を積み上げてふさいでいたらしい。それらが半分ほど、その脇《わき》にどかされている。

下から来たものが力ずくで押しのけた――ようには見えない。人が一人〈無理をすればバジリスクも〉通れるほどの隙間《すきま》だけ、人の手で開けられたようだ。

シモヤナギが周囲の地面を観察し、しゃがみこんで土の上に指を這《は》わせる。

「……足跡《あしあと》は三人分だな、まだ新しい。靴《くつ》の大きさからして全員男、一人はスパイクの形

状から前衛……だがド素人《しろうと》だな、歩幅《ほはば》も重心もガタガタだ。残り二人は後ろ荷重《かじゅう》気味……後衛職二人ってとこか」

「よくわかるっすね」

「へっ、半分ハッタリだよ。獣の通った跡《あと》は……さっきのバジリスクだけか。あそこで仕留められたのは不幸中の幸いだったな」

苛立《いらだ》たしげに舌打ちし、頭をがしがし掻きむしる。先ほどまでの飄々《ひょうひょう》とした雰囲気《ふんいき》からは一変、鬼気迫《ききせま》る表情をぎろりと愁へと向ける。

「──アベくん、予定変更《へんこう》だ。俺らはこれから九階に下りて、掟破《おきて》りのクソ馬鹿ども連《つ》れ戻《もど》す。わりいが付き合ってくれや」

＊＊＊

たどり着いた九階の雰囲気は、それまでの階層とはまるで異質に感じられる。長い階段を下りているうちに完全に夜の色に変わってしまったから、というだけではない。

地下空洞の風景とは打って変わって、出迎《でむか》えたのは薄暗《うすぐら》い森だ。

鬱蒼《うっそう》とした菌糸植物の木々が生《お》い茂り、ホタルゴケの胞子や羽の光る蛾《が》（夜光蛾というらしい）が飛《と》び交《か》っている。ちちち、と鳥かネズミの声が聞こえてくる。

「足下《あしもと》に気をつけろよ。たまにいきなり裂《さ》け目《め》とかあるから、落ちねえようにな」

踏《ふ》みしめる地面は、ところどころ溶岩《ようがん》のようなゴツゴツとした岩盤《がんばん》が剥《む》き出しになっている。苔や植物の根がその上を這い、あるいはその隙間や割れ目を押し広げている。愁は大学時代に行った富士の樹海を思い出す。

「すいません、シュウさん」とノア。「ワガママ言ってついてきちゃって……」

この階層に下りる前に、ノアを同行させるかどうかで軽くひと悶着《もんちゃく》あった。

「さすがに危険すぎるのでは」という愁と、「足手まといにならないようにがんばるから」というノアと、「レベル的にはギリだが、負傷者の救助ともなれば人手があったほうがいいかもな」というシモヤナギと。「イモートブンはあたいがまもるりす」というタミコの姉御《あねご》肌《はだ》な後押《あとお》しもあり、結局全員で下りることになった。

「いや、ノアがいてくれて心強いのは事実だよ。お世辞とかじゃなくて」

「ムチャはゲンキンりす。アベシューみたいにチョーシコキしないように」

「はい、姐《ねえ》さん」

「否定できんわな」

「お前さんら、おしゃべりもいいけどな……注意しとけよ。コカトリスどもの巣はもっと奥だが、ここいらはもうやつらの縄張《なわば》りだ」

歩きながらシモヤナギは、なにやらカチャカチャと道具をいじっていて――愁の目がそれに釘《くぎ》づけになる。

「それ……（もしかして……）」

腰《こし》に革製《かわせい》のホルスターを巻きつけ、それを収納するシモヤナギ。

「ん？　ああ、俺のとっておきさ。普段《ふだん》は滅多《めった》に使わねえんだが――」

タミコがぺちっと愁の頬《ほお》を叩く。シモヤナギも足を止め、

「……あそこだな」

鋭《するど》い視線を森の奥へと向け、それを構える――手にした銃《じゅう》を。

引鉄《ひきがね》が絞《しぼ》られたとき、甲高《かんだか》い銃声《じゅうせい》はしない。ビシュッ！　と乾いた音が漏《も》れるだけだ。

続けて「ギィイイッ！」と短い悲鳴、そしてどすんっと震動《しんどう》。

「……ちっ、急所外しちまったな」

と一人不満げに頭を掻くシモヤナギだが、狙撃されたものに近づいてみると、バジリスクが頭から血を流してピクピクと痙攣《けいれん》している。愁が【戦刀】で介錯《かいしゃく》する。

「今の……それで菌糸弾を撃ったんですか？」

シモヤナギが手にしているのは、いわゆる回転式拳銃《リボルバー》だ。六発装填《そうてん》のシリンダーと撃鉄

もついている。銃身《じゅうしん》が長めで表面が白銀色《しろがねいろ》なのが特徴的《とくちょうてき》だ。

「ああ、銃って武器だよ」

知ってる、と喉から言葉が出かかる。そして手も出かかっている。

「菌糸弾をこの中にこめて、ここの撃鉄って仕掛《しか》けで弾《たま》の尻《しり》をぶっ叩いてはじくのさ。【尖弾】は【白弾】よりも弾頭《だんとう》がかたくて貫通《かんつう》力は高《たけ》えんだが、弾が細長くて指じゃはじきにくいんでな。【尖弾】を撃つときゃこれを使うようにしてるんだ」

差し出された銃を受けとって観察してみる（撃鉄と引鉄に触《さわ》るなよと忠告される）。よくよく覗き込むと、銃身に緩やかな螺旋状《らせんじょう》の溝《みぞ》も彫《ほ》ってある。

「ライフリングっつーんだ。発射するときに弾に、こう、こんな感じで回転かけて、射程距離と軌道《きどう》の安定性を高めるんだとさ。俺もよくわかってねえが」

確かに先ほどの狙撃、軽く五十メートル以上は離れていた。そこにヘッドショットを成功させるシモヤナギの腕《うで》も異常だが、機械的なサポートもあったということか。

「ボクも初めて見ました。というか、これを持ってる〝狙撃士〟の人も初めてです」

「まあ基本、【尖弾】とか一部の菌糸弾でしか使わねえからな」

「……ちなみにこれ、どこに売ってるんすか……？」

「あん？　そりゃあ、特注品《オーダーメイド》さ。人それぞれ菌糸弾の口径が微妙に違《ちが》うし、馬鹿高えミスリル合金でもなきゃすぐに壊《こわ》れちまうし。つーか〝聖騎士〟にゃ不要だろ？」

「あ、はい……ですね……」

後《うし》ろ髪《がみ》を引かれる思いで彼に銃を返す。というかミスリルなる単語まで飛び出してきて物欲がストップ高。いつか絶対に手に入れたいと心から思う。できれば二丁、いや四丁つくって菌糸腕《きんしわん》にも持たせるとか想像してエモさ限界突破《とっぱ》。

「——ちのニオイがするりす、あっちから」

それまで静かだったタミコの言葉に、一同が身構える。

獣の気配は感じられない。争っているような物音も聞こえてこない。

タミコの示す方角に向かうと、ほどなくして愁の鼻にも感じられるようになる。

そして——発見する。

「……うわあ……」

悲鳴をあげずに済んだのは、ビビったりチビったり吐いたりせずにいられたのは、血なまぐさい五年間と先日の野盗戦の経験があったからこそだろう。

肉塊《にっかい》と化した死体はほとんど原形をとどめていない。食い破られた衣服や荷物から、かろうじてそれが人間だったと推察できるだけだ。

「……さっきのバジリスク、だけじゃねえな。コカトリスの〝石トリモチ〟もくらってやがる。そんでこれは……ワタセ、お前かよ……」

シモヤナギが荷物を漁ると、名刺《めいし》サイズのカードが見つかる。プロの狩人の持つ身分証、〝認識票《にんしきひょう》〟と呼ばれるものだ。氏名や所属などの個人情報が記載《きさい》されている。

「もう一人は……やっぱりシマザキか。どっちもスガモ《うち》の若手……つっても三十そこそこだったたか？　こいつらこないだ、近頃《ちかごろ》レベル上げも稼《かせ》ぎも順調すぎて怖いとか息巻いてやがったなあ……調子こきやがって、この馬鹿どもが」

シモヤナギがうつむいて歯噛《はが》みする。タミコもノアも押し黙《だま》っている。リンリンと涼《すず》しげに鳴く虫の声が沈黙《ちんもく》を埋《う》める。

「……シモヤナギさん、この人たち埋葬《まいそう》とかしたほうがいいですか？」

「……いつもなら、認識票と最低限の遺品だけ持って帰って、あとはギルドのバーで弔《とむら》い酒でもかっくらって馬鹿騒《ばかさわ》ぎして……それで仕舞《しま》いだ。メトロで死んだ命はメトロに還《かえ》る」

「――それがこの国の摂理《せつり》だし、俺らみてえな商売の因果ってやつだからな」

そんなものなのか、と愁は思う。そういうものだよな、とも思う。

この姿は、狩人という職業の現実だ。

同時に――狩人である限り、自分たちの未来の可能性でもある。

「だが……二人分しかねえ。ワタセもシマザキも後衛職だ、もう一人こいつらの後輩《こうはい》かな」

んかも一緒《いっしょ》にいたはずだ。ここに死体がねえってことは、一人で逃げたか、お土産《みやげ》の夜食代わりにでも持ち帰られたか……いずれにせよ、絶望的かもな」

もう少しだけ捜索《そうさく》してみることにする。コカトリスたちの巣が密集している付近ギリギリまでを目安に。

道中の悪路や巨大な食人植物に邪魔《じゃま》されつつ、歩くこと五分ほど。突然「止まれ」とシモヤナギが鋭い声で言う。

「下を見ろ、ここの裂け目は深えからな」

すぐ足下は裂け目、というかもはや谷だ。岩壁《がんぺき》はほとんど垂直に切り立っていて、薄暗い底までは優に二十メートル以上。向こう岸までも軽く十メートルは離れている。

「向こう側がコカトリスどものエリアだ……残念だがここまでだ、いったん地上に――」

「待って、待ってください」

愁は崖に沿ってふらりと歩きだす。

【感知胞子】が谷底で捉《とら》えた輪郭《りんかく》――それが肉眼で見える位置に移動する。

「いた――いる、あそこ。誰《だれ》かいる」

シモヤナギたちがはっと息を呑《の》む。愁の指差した先に、横たわる人影を見つけて。

体格からして男だろうか。年まではわからないが、狩人のジャージを着ている。背中を丸めるようにして倒れているが――その弱々しくか細い呼吸の上下動は、愁の脳へと確かにフィードバックされている。

「生きてる……まだ生きてる！」

「待て――なんで気づいた？」

シモヤナギにがしっと肩を掴《つか》まれ、正面から睨《にら》みつけられる。

「さっきの位置からじゃ、あいつの姿は見えなかったはずだ。おチビちゃんの耳や俺の目よりも先に見つけられたのはなんでだ？　それに、なぜ生きてると断言できる？　逃げてる途中《とちゅう》で滑落《かつらく》したんだろうが、さっきからぴくりとも動いてねえぞ」

まるで獲物《えもの》の正体を見定めようとするかのような強く鋭い目に、愁はたじろぎそうになるのを必死にこらえる。

「いや、その……たまたま足がちょろっと見えただけで。生きてるって思ったのも、なんかちょっと動いた気がしただけだし……」

しくじったかなーなどと内心焦《あせ》りながら、それでも目だけは逸《そ》らすまいと耐《た》える。

気まずい数秒が何分にも引き延ばされて感じられて――シモヤナギは何度か小さくうなずき、手を離してくれる。

「わりい、今はそれどころじゃねえな。とにかくあいつをどうにかしよう。生きてようと死んでようと、とりあえずな」

ここから見える範囲《はんい》に下りられそうな傾斜《けいしゃ》はなさそうだ。狩人の身体能力なら岩壁伝いに登り下りするのは可能だろうが、人一人を抱《かか》えてとなると結構難しい。

【阿修羅《あしゅら》】を使えば簡単――いや、シモヤナギの前で使うわけにはいかないか。

「じゃあ、俺が下まで下りるんで……ノア、【白紐《しらひも》】用意しといて」

「あっ……はい！」

「やっぱり便利な能力じゃん。ノアがいてくれてよかったよ」

「……シュウさん……」

「青春すんのはあとにしてくれませんかねえ？」

「ヤリチンりす」

「ヤリチンもういいから。使いかた絶対違うから」

岩壁の凹凸《おうとつ》に手足を引《ひ》っ掛《か》け、慎重に一歩ずつ下りていく。

今の愁の筋力なら容易《ようい》すぎるが、思ったより時間がかかりそうで焦《じ》れてくる。適当なところでぴょんっと飛び降りてしまう。思ったより高くて一瞬《いっしゅん》ヒヤッとするが、着地は【跳《ちょう》躍《やく》】で慣れっこだ。すとんっと軽《かろ》やかに下り立って無事に到着《とうちゃく》。

「だいじょぶっすか？」

倒れている男に小声で呼びかけて、

「──っておい、お前かよ」

その顔に見憶《おぼ》えがある。先日の面接のときに一緒だった少年だ。

名前は確か、クラノ・アツシ。道中でシモヤナギが話してくれたが、愁とタミコに先駆《さきが》けて合格していたらしい。

「うぅ……あぁ……ああ、ああっ！」

目を覚ますと一瞬とり乱すが、愁がその頬をぺちぺち叩いてやると、どうにか落ち着きをとり戻す。見たところ命に関わるような怪我《けが》はしていないようだ。

「……ああ、先輩《せんぱい》が……俺だけ逃がしてくれて……走ってたら、急に地面が……」

「うん、そういう話は上に戻ってからにしよう」

「……足が……折れて……痛え……」

「だいじょぶだから、落ち着けって」

愁のことを思い出せないのか、まだ混乱の真っ最中なのか。愁としてはおっさん呼ばわりされた恨《うら》みは骨髄《こつずい》にまでしっかり刻み込まれているのだが。

上に身振《みぶ》り手振《てぶ》りで合図を送る。間もなく、白い紐がするすると蛇《へび》のように岩壁を伝って下がってくる。まずはこれでクラノを引っ張り上げてもらう。治療《ちりょう》は安全な場所に戻ってからでいい。

先端《せんたん》をクラノの胴体《どうたい》に巻きつけ、ぎゅっとかたく結んで――

と、愁の背筋が凍《こお》りつく。

「アべっ！　急げっ！」

「ノアっ！　引き上げろっ！」

シモヤナギと愁が同時にさけぶ。

そして、それに応じるかのように、

「キィイイッ！」と、鳥の声が耳をつんざき、岩肌を震わせる。

＊＊＊

「ひぃいっ！　来るっ、あいつらがっ！」

「落ち着け！　暴れんなっ！」

とり乱してじたばたするクラノに不可抗力《ふかこうりょく》の腹パン（恨み）。うぐっと崩《くず》れたその身体が岩壁にごつんっと引き寄せられ、ずるずると擦《す》りながら引き上げられていく。

「シュウさんも！　急いでっ！」

「アベシュー！」

——ダメだ、間に合わない。

このままだと、愁はともかく、無防備なクラノが狙われる。

谷底の通路を駆ける足音は、今や地面をびりびりと揺るがすほどに近づいている。

「アベ、来るぞっ！」

右手に【戦刀】、左手に【大盾《おおたて》】。

【感知胞子】でタイミングを計る。視線の先、緩やかな曲がり道の向こうから、それらが飛び出してくるところへ——

「キィアアアアッ！」

「ふっ！」

文字どおりの出合《であ》い頭《がしら》。

鋭い嘴《くちばし》を広げた巨大なニワトリへ、愁は光を帯びた刃を叩き込む。

初対面を果たしたコカトリスの首を一撃《いちげき》で刎《は》ね、「しっ！」と返す刀で後ろのバジリスクの胴《どう》を薙《な》ぐ。顔にかかった血飛沫《ちしぶき》を腕で拭《ぬぐ》い、「意外とニワトリのがグロくて怖《こわ》いわ」

と内心愚痴《ぐち》りながら三匹目の襲来《しゅうらい》に備える。

「キィアアアッ！」

「キィイイイッ！」

「ギュアアッ！　ギュアアアッ！」

――いや、四匹目、五匹目、六匹目、七匹目――。

（あれかな）

（完全に「敵襲来《てきしゅうらい》！」みたいに伝わっちゃった感じ？）

ビシュッ、ビシュッ、とシモヤナギの銃が火を噴く。バジリスクらしき悲鳴、ずずんと倒れる音――それでも震動はますます増していくばかりだ。

「ちっ、数が多い！　どんどん集まってくるぞ、逃げろアべっ！」

見上げれば宙吊《ちゅうづ》りのクラノはもうすぐ上に届きそうだ。

愁はぐっと身を屈《かが》め、岩壁に向かって【跳躍】。中ほどで【戦刀】を突き立てて張りつき、足場を固定してもう一度【跳躍】。一気に崖《がけ》の上へと躍《おど》り出《で》てシモヤナギたちのかたわらに着地する。

「つーか、向こうからも――」

「だから、逃げるんだよっ！」

向こう岸から谷を飛《と》び越《こ》えてくるコカトリス、それを突き上げるように谷底から飛び上がってくるバジリスク。愁たちのいる崖へと巨躯《きょく》の怪物《かいぶつ》が押し寄《よ》せ、いくつもの怒声《どせい》とおたけびが折り重なる。

先頭を駆けだすノアがクラノをおぶっている。シモヤナギがその背中を押すようにしてあとに続く。そして愁は、

「殿《しんがり》やります！」

足を止め、【戦刀】と【大盾】を構える。

「だいじょぶか、一人で――」

「任せて！　タミコたちをよろしく！」

対峙《たいじ》する、もはや数えるのも億劫《おっくう》なほどに膨れ上がった、異形の獣《けもの》たちの群れ。

血のように真っ赤なトサカを立て、ちろちろと先の割れた舌を出し。

くるるると口々に低くうなり、その口からよだれを垂らして。

今にも飛びかからんと機を狙っている。

「アベシュー！」

「シュウさんっ！」

背後から二人の少女の声が聞こえたとき、

愁は一瞬、ほんの一瞬だけ目を閉じる。

目を開けたとき、覚悟《かくご》は決まっている。

「――お前ら、恨みっこなしな」

一足で群れの中へと飛び込み、【光刃】をまとわせた【戦刀】を振るう。
鋭利《えいり》な嘴をかいくぐり、その目に切っ先を突《つ》き込む。
大振《おおぶ》りで叩《たた》きつけてくる翼を、その根元から両断する。
愁の頭を砕《くだ》かんと伸《の》びる顎《あご》を蹴《け》り砕き、
愁を引き裂かんと鈍《にぶ》く光る鉤爪《かぎつめ》を盾ではじく。
一部の隙もなく吹《ふ》き荒《あ》れる血と暴力の渦《うず》の中心で、
愁は必死に鉄錆《てつさび》くさい空気を掻《か》き集《あつ》め、次の場所へと身体を運び続ける。

シモヤナギの言っていたとおり、こいつら個々はそれほど強敵ではない。

力も速さも、脅威に感じられるほどではない。

だが、数にものを言わせた獰猛《どうもう》な攻撃《こうげき》の密度。

（――なんでだよ）

どれだけ斬り伏《ふ》せても、止まらない。
(ちっとは怯《ひる》めよ)
まるで見えない意思に突き動かされるかのように、恐《おそ》れを知らず、死を厭《いと》わず、
襲いくる獰猛さは増すばかりだ。
一撃で仕留めきれなくなってくる。
回避《かいひ》と防御《ぼうぎょ》に費《つい》やす機会が増えていく。
果敢《かかん》に掴みかかってくるやつらを壁《かべ》に、
(やべえ)
その後ろでバジリスクがぷくりと喉《のど》を膨らませる。
灰色の煙《けむり》が撒《ま》き散《ち》らされる、仲間ごと巻き込むように。
【大盾】で身体を庇いながら飛び退《の》くが、
ジャージ越《ご》しに触れただけで、
「うぐっ！」
皮膚《ひふ》をナイフで抉《えぐ》られるような激痛が走る。
足が止まったその一瞬の隙に、

バシャッ！　と足首に粘液《ねんえき》が降りかかり、瞬時《しゅんじ》にかたまる。

これが〝石トリモチ〟か。

怪力《かいりき》には自信があるのに、かたい、剥《は》がせない。

溶岩の地面にがっちり縫《ぬ》い止《と》められている。

間髪《かんはつ》入れず、四方から、質量に任せた突進《とっしん》が押し寄せる。

巨体のぶつかり合う、けたたましい衝突音《しょうとつおん》。

押しつぶされたその中心に――愁の靴と破れたズボンの裾《すそ》だけが残されている。

それらの真上へ【跳躍】で回避した愁は、空中で身を翻《ひるがえ》す。

だが――さらにその頭上から影がかかる。

コカトリスの無機質な目が、愁を見下ろしている。

ぶわりと振《ふ》るった巨大な翼に、愁の身体は叩き落とされる。

「ぐっ――」

落ちていく。

大口を開けて獲物を待ち構える、獣の群れの中心へ――。

獣たちが一斉《いっせい》に食らいつく。

赤い花びらが開くように、大量の血飛沫が上がり、

――獣たちが一斉に薙ぎ払《はら》われる。

「……あーあ、上着脱《ぬ》いどきゃよかった」

愁の背中に生じた異形の腕を、同胞《どうほう》の血を吸った青白く煌《きら》めく二刀を、

他の獣たちは警戒《けいかい》するように低く屈んで睨め上げている。

「だけど――もういいか」

シモヤナギはもう近くにはいない。であれば、

〝聖騎士〟アベ・シュウではなく、

〝糸繰士《いとくりし》〟ズルシューこと阿部《あべ》愁で。

「来るなら――来いよ」

そんな挑発《ちょうはつ》が通じたかのように、

獣たちは巨躯を屈め――我先にと飛びかかってくる。

押しつぶさんばかりに迫《せま》る獣の壁、

愁はその隙間を縫い、その三刀で切り拓《ひら》く。

足は止めない、ひたすらに前へと刀を振るい、

あるいは振り返らずに背後を斬り伏せる。

バジリスクの毒の息を【大盾】で振り払い、
コカトリスの〝石トリモチ〟は【火球《かきゅう》】で爆散させる。
四方から、あるいは頭上から降りそそぐそれらを、
すべて回避することはできない。
毒の息を浴びた皮膚は【不滅《ふめつ》】でも痛みを押し止《とど》めることはできず、
〝石トリモチ〟の飛沫《しぶき》が至るところに張りついて動きを阻害《そがい》する。
それでも――愁は止まらない。
数十匹からなる〝前衛殺し〟の大群をもってしても、
今の愁を止めるには至らない。

――絶えず刀を振るいながら、愁はまったく別のことを考えている。
さっき、タミコとノアの声を聞いたとき。
ふと一瞬、カイケの質問が脳裏《のうり》に甦《よみがえ》ったのだ。
――将来、どんな狩人になりたいですか？
そう尋《たず》ねられたとき、愁は答えられなかった。
あれからずっと、ことあるごとに思い出してはその答えをさがしていた。

サラリーマンではありえないほど稼いでやりたいとか、業界最強をめざしてやろうとか、あるいは世を救い人を救うヒーローにでもとか。

そんな野心や願望はかけらもない――と言ったら嘘《うそ》になるだろうか。

けれど、そういうのはどこか他人事な気がして。

この身には「建国の英雄《えいゆう》と同じ力」が宿っているらしい。だがあくまでもそれは、「得体の知れないもらいものの力」なのだ。そんなものにべったりと寄りかかるような夢を見ることは、なんだか違う気がしたのだ。

自分はいったいどこへ行くのだろう。

これからこの世界でどこへ行き、なにをするのだろう。

漠然《ばくぜん》とした不安じみた問いに、答えをさがしてふわふわと迷子になっていた。

けれど、さっきの二人の声を聞いたとき、とても単純な一つの答えが、自分の中の空白にかちりと当てはまった気がした。

俺《おれ》は――

必ず生きて帰れる狩人になりたい。

「――あぁあああっ！」
獣じみたおたけびをあげながら、
愁はその四本腕で血飛沫の中を舞《ま》う。
飛び上がった数匹《すうひき》が、空中で必死に翼を羽ばたかせながら、
その喉をぶくりと膨らませる。
とっさに刀を手放した菌糸腕が、高速で親指をはじく。
【阿修羅】による【白弾】の両手撃《う》ち、連続発射。
シモヤナギのように急所を的確に射抜くような真似《まね》は無理だが、
（下手《へた》な鉄砲《てっぽう》なら）
（数撃ちゃいいじゃない！）
大きく広げた翼くらいなら格好の的だ。
ブレスが吐《は》き出される寸前、幾筋《いくすじ》もの白い残像が翼を射抜き、
宙に躍るそれらを叩き落とす。
「ふぅーっ……」
菌糸腕に再び刀を握《にぎ》らせ、大きく長く息を吐き出す。
敵の数は、当初の半分くらいには減っただろうか。

まだまだ余裕《よゆう》という顔を見せてはいるが、度重《たびかさ》なる無茶《むちゃ》の連続で疲労《ひろう》が溜《た》まってきたのは事実だ。

毒息の激痛もだいぶ和《やわ》らいできたとはいえ、痛いことに変わりはない。

「そろそろ……終わらせようか」

残り十数匹の異形の獣と、四本腕に三刀を携《たずさ》えた異形の人間。

両者は同時に地面を蹴り、そして決着は数分後に訪《おとず》れる。

縦横無尽《じゅうおうむじん》に駆け回り、鉤爪や嘴と斬り結び、切り拓いた血路の先に。

ようやく静寂《せいじゃく》が訪れ、愁は地面に突き刺した刀に寄りかかるようにして息をつく。背中の菌糸腕が剥がれてボロボロと崩れていく。

（……終わった……）

【感知胞子】の領域に、動く気配は自分自身と、あともう一つだけ。

——あえてだろう、ざっざっ、と愁にその足音を聞かせるように近づいてくる人影《ひとかげ》。シモヤナギだ。

死屍《しし》累々《るいるい》、死骸《しがい》と血溜まりの中心で、二人は向かい合う。

「よお……派手に暴れまわったみてえじゃねえか」

「……お疲《つか》れ様《さま》です」

「時間稼ぎどころか全部ぶっ殺しちまいやがって。軽く三十匹《ぴき》以上は転がってるぜ、この厄介《やっかい》なバケモンの群れを一人で……ったく、とんでもねえルーキーだな」

「タミコとノアは？」

「先に階段を上らせた。あの新人も命に別状はねえよ」

ほっとしすぎて、思わずその場にへたりこむ。

ただ、それは置いておいて――。

いつから見ていたのか、と尋ねる必要はない。愁は気づいていた、群れの残り半分と相対していたあたりから、後ろのほうでバタバタとひとりでに獣が倒れていたことに。

あたりを見回せば、頭を撃ち抜《ぬ》かれて死んでいる個体がちらほら見かけられる。つまり、そういうことだ。

「あの、こ――」

愁の言葉は途中で遮《さえぎ》られる。銃を頭に向けられたことで。

「てめえは何者《なにもん》だ？」

【光刃】は〝聖騎士《せいきし》〟特有の菌能だ。そして〝獣戦士《じゆうせんし》〟特有の【阿修羅】と〝狙撃士《そげきし》〟特有の【白弾】も愁は使ってみせた。シモヤナギはその矛盾《むじゆん》を問《と》い質《ただ》しているのだ。

だからといって銃口《じゅうこう》を向けることもないのに。まさか本気で撃つつもりもあるまいと高を括《くく》っていたらガチリと撃鉄を下ろされて一気にビビる。こんな刑事《けいじ》ドラマみたいなシチュエーションを百年後のファンタジー世界で味わう羽目になるとは。

「てめえみてえな野郎《やろう》が、なぜうちに来た？　なにを企《たくら》んでやがる？」

この反応——薄々《うすうす》感づいていたのだろう、愁が本性《ほんしょう》を隠していたことに。

鋭く射竦《いすく》めるようなシモヤナギの目つきには、それまでの柔和《にゅうわ》さはない。下手をすれば本当に撃たれる、そんな鬼気迫るものを感じられる。

「えーと……」

心の中でノアに詫《わ》びる。せっかくスガモを気に入っていたタミコにも。

愁は膝《ひざ》に手をついて立ち上がる。腹を括り、口を開く。

「話せば長いんですけど……俺は〝糸繰士〟ってやつみたいです」

シモヤナギが目を丸くする。

「百年くらい眠《ねむ》ってたんですけど、なぜか五年前にオオツカメトロで目が覚めて、死ぬほど苦労しながらようやく地上に出てきて、そんで輪入道車《わにゅうどう》に乗せてもらってスガモに着いたんです。なので、ぶっちゃけたまたまです」

シモヤナギが口をあんぐりとする。この回答は予想外だったのだろうか。

「…………」

「…………」

「……え、あ、そんだけか？」

「あ、はい。そんだけっす」

真実とは、嘘とくらべてなんと端的《たんてき》なものか。

なんならここに至る五年の地獄《じごく》を滔々《とうとう》と話して聞かせてもいいが、今は疲れすぎている。早くタミコたちのところに戻ってひと休みしたい。足つぼマットの上でいいから寝《ね》そべりたい。

ぷっ、とシモヤナギが噴《ふ》き出《だ》す。そして「ひゃっはっは」と愉快《ゆかい》そうに笑う。

「いやいや、スパイだの魔人《まじん》だのあれこれ想像しちゃいたんだが……まさか〝糸繰士〟とはな。言われてみりゃあなるほどだが、一番突拍子《とっぴょうし》もねえ答えだったもんでな……」

「信じてもらえるんですか？」

「いやまあ、いろいろツッコミどころはあるけどよ。今のお前さんが嘘ついてねえことくらいわかるぜ。カイケ嬢《じょう》みてえな目がなくてもな」

「え？」

シモヤナギは曖昧《あいまい》に肩《かた》をすくめてみせ、銃をホルスターに仕舞う。さて、と親指で森の奥《おく》を指差す。

「話の続きは、おチビちゃんたちのとこに戻《もど》ってからにしようぜ。ちなみにこれ、実はもう弾入ってなかったんだわ」

＊＊＊

帰りの栄養補給のために、コカトリスの胞子嚢をいくつか頂戴《ちょうだい》する（さすがに全部は多すぎて食べきれない）。その間にシモヤナギがコカトリスをガリガリと解体しはじめる。

今回のクエストの土産ということらしい。

「あ、そういや試験は――」

「その話も、上に戻ってからな」

道中は獣に襲《おそ》われることもなく進むことができる。苦行かというほど長い階段を上り、八階に出た瞬間《しゅんかん》――飛びかかってくるものがある。

「うおっ」

タミコに顔面に張りつかれ、ノアには脇腹《わきばら》にタックルされ。よろけて尻餅《しりもち》をつく。

「アベシュー！　ぴぎゃー！」

「シュウさん！　もう、無茶ばっかりしてっ！」

二人のしがみつく強さに、涙《なみだ》まじりの温《ぬく》もりに、鼻の奥がつんとしみる。

「……ただいま」

ここに、生きて帰ってこれた。

ノアの背中に触《ふ》れ、ぽんぽんと軽く叩く。タミコの尻尾《しっぽ》をにぎにぎする。「ああっ……マジメなシーン……りすのにぃ……！」とビクンビクン。

「さて、と」

シモヤナギもどかっと腰を下ろす。懐《ふところ》から茶色い紙の筒《つつ》をとり出し、マッチで火をつける。このにおい、煙草《たばこ》だ。

「……ああ、これか。ひと仕事終えるまでは吸わねえってのがマイルールなんだけどな。においに敏感《びんかん》な獣もいるし。けど、今日はもういいだろ？　ジジイ的にゃあじゅうぶんすぎるほど働いたつもりだぜ」

「やっぱ喫煙者《きつえんしゃ》だったんすね」

「カレーシューってやつかとおもってたりす」

「え、ちょっと傷つくんだけど。まあいい」

ぷはーっ、と紫煙《しえん》を天井《てんじょう》に吐き出し、

「──話してもらおうか、アベくんよ。今度は嘘はなしだぜ」

ちなみにクラノ少年は隅《すみ》のほうで眠っている。ノアが最低限の手当てをしたというので、折れた足はあとで【聖癒《せいゆ》】で治してやろう。

ともあれ、もはや言い逃《のが》れは無用。

愁はこれまでの経緯《けいい》を正直に告白する。

ノア、オブチ&ユイと、打ち明け話も三度目なので慣れたものだ。要点をまとめて五分程度で終わるが、途中で飽《あ》きたノアは土産の胞子嚢を貪《むさぼ》り、タミコはヘソ天。

「……なるほどなあ……百年前の生き残り、〝糸繰士〟……こいつはまた……」

シモヤナギはあぐらをかいてぐったりと頬杖《ほおづえ》に寄りかかっている。さすがに途方《とほう》に暮れているようだ。

「そいつぁ確かに……いきなり話されても信じなかっただろうな。必死に隠《かく》したがるのもわかるってもんだ。だが、期待どおり騙《だま》せたのはうちの純真な姪《めい》っ子《こ》のほうだけだったぜ。もう一人のカワイコちゃんのほうは、相手が悪かったな」

「カイケさんには見抜《みぬ》かれてたってことですか？」

「まあな。あの娘《こ》は貴重な【心眼《しんがん》】持ちだからな」

「しんがん？」

ころん、とノアの手から胞子嚢が落ちる。

「……【心眼】は、相手の感情を見ることができる菌能です……」

ぼとっ、と愁の手から水筒《すいとう》が落ちる。ヘソ天していたタミコに飛沫がかかってキーキー飛び起きる。

「……そんなん、マジ？」

「はい……超《ちょう》レアな能力です。怒《いか》りとか敵意とか、恐怖《きょうふ》とか悲しみとか、そういう感情が色で見えたりするとかなんとか……」

いわゆる共感覚というやつだろうか。色や形を目にすると音が聞こえたり、特定の音を耳にすると口の中で味が広がったり。そういう特殊《とくしゅ》な知覚を持つ人がごくまれにいると聞いたことがあるが、その菌能版か。

「えっと……つまり、人の心を読める敏腕《びんわん》面接官的な……？」

「あの娘はその道のプロだからな。【心眼】持ちの職員を囲ってる支部なんて滅多《めった》にねえ――って普通隠《ふつうかく》すからわからんか。うちでもあの娘の能力を知ってんのはごく一部だからな、お前らもよそで話したりすんじゃねえぞ」

「いや、えー……ショックでかいんすけど……」

あの面接で自分たちが真に恐れるべきだったのは、横綱《よこづな》ウーマンよりもゆるふわガールだったということだ。

「ってことは、俺のつくり話とかも全部……」

「当然、お見通しだったよ。自分から菌能までドヤ顔で誇示《こじ》しといて、菌職や生《お》い立ちについては嘘ばっかりだったってな」

「いやぁあああ……！」

思わず両手で顔を隠す愁。あれだけ盛大に披露《ひろう》したアベ・シュウ冒険譚《ぼうけんたん》（爆）が全部バレバレだったと思うと、「やべー」よりも「死ぬほど恥《は》ずかしい」が先に来る。

「だがな、あの娘も全部が全部わかるわけでもねえ。困惑《こんわく》してたよ、お前らはどうしても悪いやつには見えねえ、悪だくみしようとしてるようにも見えねえ。なのにどうしてこんな回りくどい嘘をつくのかってな。それで俺んとこに相談に来たのさ」

「じゃあ、この追試は――」

「ああ、お前らの魂胆《こんたん》と正体を見極《みきわ》めるためのもんだったのさ。メトロみてえな危険な場所こそ、人間の本性ってのが見えてくるもんだからな。まあ、あわよくばコカトリスの駆除《くじょ》にこき使おうと思ったのは事実だし、まさかこんな形で〝糸繰士〟とかいう予想外の秘密を暴《あば》くことになるとは思ってもみなかったがね」

ぷふーっ、と吐き出された大量の紫煙が宙を漂《ただよ》う。神妙《しんみょう》な面持《おもも》ちのタミコとノアと、ぎゆっと拳《こぶし》を握りしめる愁の、重苦しい沈黙を埋める。

「……で、どうするつもりですか？」

バレてしまった以上、覚悟しなければいけないのだろう。

今後の想像もつかない面倒《めんどう》を。安らぎのない波乱万丈《はらんばんじょう》の展開を。スガモの狩人《かりゅうど》への道が途絶《とだ》えてしまったことを――。

「どうするって――………合格だろ？」

「へっ？」

「えっ？」

「りす？」

そろってぽかんとする三兄妹《きょうだい》。

「いや別に、俺はお前らをうちの子にしてもだいじょぶかって見定めてただけさ。国の歴史だの権力者のゴタゴタだの、んな面倒なもんに関わるつもりはねえし、うちを巻き込みたくもねえ。なら、しらばっくれるしかねえだろ。新たな〝糸繰士〟？　んなもん幻《まぼろし》だ都市伝説だ、ツチノコみてえなもんだ」

「ツチノコやっぱいないんすね」

「いや、何年か前にどっかで見つかったとか聞いたっけな」

「見つかったんすね（気になる）」

「ともあれ、俺とカイケさえ黙《だま》っときゃあいいんだろ？　あとはお前がいい子で〝聖騎士〟やっときゃあ、なんにも問題ねえ。異色の経歴を持つスガモ最強のルーキー爆誕だぜ」

「スガモサイキョーのドーテーばくたんりす」

「タミコ黙ってろ」

頬袋《ほおぶくろ》むぎゅー。

よっこらしょ、とシモヤナギは立ち上がり、愁のすぐ目の前に座《すわ》り直す。

「……あのガキを、うちの新人を救ってくれたこと、先に礼を言うべきだったな」

そう言って小さく頭を下げる。

「命がけで仲間の背中を守ろうとしたお前を――菌職も生い立ちも関係ねえ、それだけで俺はお前を誇《ほこ》りに思う。同じ支部の人間として一緒《いっしょ》にやっていきてえと思ってる」

手が差し出される。カサカサで節くれだった傷だらけの手だ。

これが、何十年も狩人の世界で生き続けてきた人の手か。

「合否のほうは俺とカイケでなんとかしてやる。だから、これからよろしくな、アベ・シユウ。ああ、おチビ――タミコもな」

「……はい、よろしくお願いします」

「りっす！」

愁はその手を握る。タミコがその上に乗り、くるんと尻尾を絡《から》める。

ふと見ると、ノアが小さく手を叩いて祝福してくれている。そしてその後ろで、クラノが起き上がっている。

ぎょっとする愁とシモヤナギ。

「ああ……あの……俺……」

「おいおいおい――」とシモヤナギ。「まだ寝てろって。つーかいつから起きてた？」

「あの、ありがとうございました……アベさん、ですよね……面接のときの……」

「あーうん、そうそう。おんなじルーキーですわ。〝聖騎士〟のアベですわ」

「うろ憶えだけど……アベさんに助けてもらって、あのバケモンを倒《たお》してるとこも見えて……マジですごくて……ワタセさんたちの仇《かたき》、討《う》ってくれたんすよね……」

「うん、それはもういいからね」

いつから起きていたのだろう。どこから聞いていたのだろう。

「あの、俺……さっきの話……ちょっとだけ聞こえちゃって……」

「えー……なにをかな……？」

場合によっては口止めが必要になる。命の恩人パワーでいけるだろうか。

「でも俺……誰《だれ》にも言わないっすから……」

「いや、あのね」

「アベさんが、その……最強の童《どう》……って……実は俺もそうだから、むしろ尊敬っていうか……」

「そっちかよ。お前もかよ。いや……俺違《ちが》うし……（小声）」

スガモ支部営業所の一階に集まった所属狩人は五十人程度。それほど広くない飲食スペースはぎゅうぎゅうになっている。

「では――献杯《けんぱい》」

アオモトの音頭《おんど》で宴《うたげ》は始まる。

最初はしめやかにワタセとシマザキを偲《しの》び、口々に別れの言葉を唱えていたものの、アルコールが回るうちに会場は徐々《じょじょ》に明るく騒《さわ》がしくなっていく。こうしてシモヤナギの言っていた「弔《とむら》い酒からの馬鹿騒《ばかさわ》ぎ」に発展していくのだろう。

愁《しゅう》たちはその片隅《かたすみ》に陣取《じんど》り、賑《にぎ》やかな光景を眺《なが》めている。隣《となり》のテーブルには他支部ながらオブチも参加していて、ユイが狙《ねら》っていたおつまみチーズを横取りしてしまったために喉元《のどもと》に噛《か》みつかれているが幸せそうだ。

また別のテーブルではクラノがおいおいと泣きじゃくっていて、他の先輩狩人《せんぱいかりゅうど》らに慰《なぐさ》められている。あれから二日経《た》っているが、【聖癒《せいゆ》】の効果もあって身体はすっかり元気なようだ。あとはメンタルのほうだが、「俺、ワタセさんたちの分も――」という声が聞こえてくるあたり、きっと大丈夫《だいじょうぶ》だろう。

「――どうだ、楽しんでるか？」

グラスを手にアオモトがやってくる。それとなくテーブルの隅に避難《ひなん》するタミコ。

「すまなかったな……追試などと称《しょう》してメトロに連れ出して、しかも大変な思いまでさせて。代表としては知らなかったと言い訳はできない。君たちには相応の報酬《ほうしゅう》を支払《しはら》うし、副代表にはきっちり落とし前をつけさせるから、どうか許してほしい」

「いや、全然……ちょっと危なかったけど、いろいろ勉強になったんで」

「コカトリスとバジリスクの大群をたった一人で撃退《げきたい》したと聞かされたときは、なんの冗《じょう》談《だん》かと思ったよ。そんな芸当をやってのける狩人が果たしてこの国に何人いることか……本当に君は規格外なルーキーだな、アベ氏」

ちらりと受付カウンターのほうに目を向けると、残業中のカイケと目が合う。彼女《かのじょ》は悪戯《いたずら》っぽく微笑《ほほえ》み、なにごともなかったかのように奥へと引っ込んでいく。

あのゆるふわ策士の提案で、アオモトには愁の秘密は共有しないことになった（とシモヤナギから聞いた）。生真面目《きまじめ》な彼女に嘘を抱《かか》えさせるのはリスクが高いとの判断で、彼女を含《ふく》めた他の人々には「悲運の少年アベ・シュウのメトロ漂流記《ひょうりゅうき》」をそのまま信じてもらうことになっている。

　アオモトが背筋を伸ばし、愁たちに頭を下げる。

「君たちのおかげで、一人の若者の命を救うことができた。それに——……ワタセ氏とシマザキ氏の遺品を渡《わた》した遺族からも、感謝の言葉をもらっている。ギルドを代表して、私からも改めて礼を言おう……本当にありがとう」

　遺族の話はほとんど不意打ちに近いものだ。

　そんな風に感謝されるなんて、あまりにも予想外で。

「いや、その……はい」

　愁は言葉に詰《つ》まり、目の奥が熱くなるのを必死にこらえ、照れ隠しにつまみを口に放り込む。

「ふふっ、今日は存分に食って飲んでくれ。予算の半分は副代表のポケットマネーだからな。まあ、メインの食材のほうは君たちの提供によるものだが」

　各テーブルには色とりどりの料理や酒のつまみが並べられている。そして、どのテーブルでも中央にででんと鎮座《ちんざ》している本日の主役はこの二品。

「はふはふ！　ちじょうはまさにカラアゲのラクエンりす！　うまっ！　たにっ！　ええんっ！」

シモヤナギが持ち帰ったコカトリス肉の唐揚《からあ》げ。

あのときの下処理がよかったのか、くさみもなくジューシーで濃厚《のうこう》な味わいだ。悲願の邂逅《かいこう》を果たしたタミコの頬袋へ次々と収納されていく（デブリス一直線）。

「んーっ！　やっぱりベーコンって言ったら炙《あぶ》りですよね！　肉厚なのが最高！」

もう一つは、ノア手製のカトブレパス肉のベーコンだ。

宿の調理場を借りてこっそり仕込んでいたという。今日の酒席のために提供され、その代金はコカバジ戦であちこちダメージド化した愁のジャージを新調する資金になってくれた（同じ中古屋でまた同じジャージを買うことができた）。もちろん味も絶品だ。

そして、それらを万倍うまく味わう、魔法《まほう》の飲み物がここに存在する。

どこの店でも滅多に提供されない数量限定の逸品《いっぴん》、それこそが「キンキンに冷えてやがるビール」だ。

この国には電気式冷蔵庫は存在しない。低温保存の技術――たとえば気化熱を利用して低温貯蔵する原始的手段などは一般的《いっぱんてき》に流通しているが、さすがに一桁《けた》の温度まで冷やすには至らない。この季節であればなおさらだ。

だが――こういった特別な催《もよお》しの際には、菌能《きんのう》【氷球】などで生み出した氷に食塩を混ぜ、飲み物などを冷やして提供するサービスが行なわれる。そんな涙ぐましい努力の結晶《けっしょう》が今、愁の握るグラスの中に満たされている。

冷気を残したグラスの縁《ふち》が唇《くちびる》に張りつく。上へと傾《かたむ》けると、黄金色《こがねいろ》の液体が一斉に喉の奥へと流れ込んでいく。鼻に抜ける麦の香《かお》り。あの時代のようなキレや炭酸の強さはないものの、身体にすうっとしみこんでいくような独特の透明感《とうめいかん》がある。

「んぐ、んぐ……ぷはぁっ！　か──っ！　アアッ──！」

「アベシューこわれたりす」

「これが大人の人間だよ、姐《ねえ》さん」

「ここのバーは普段《ふだん》から酒も料理も自慢《じまん》なんだ。正式にうちの狩人になったら、君たちも思う存分利用してくれ」

アオモトはそう言っておつまみに手を伸ばし、と見せかけてさりげなくタミコに触れようとして尻尾でぺしっと打ち払われる。その手を胸に抱《だ》き、嬉《うれ》しそうに頰《ほお》を赤らめて去っていく。

「──よお、ご機嫌《きげん》だな、大将」

入《い》れ替《か》わるように現れたのはシモヤナギだ。頰どころか顔中真っ赤で、頭にはニワトリの骨のかけらを角のように突《つ》き刺《さ》し、「本日の財布《さいふ》」と書かれたタスキを肩に掛《か》けている。

メトロで見せた勇姿の面影《おもかげ》は微塵《みじん》もない。というかまだこの文化が残っていたのか、鼻眼鏡。

「悪くねえ雰囲気《ふんいき》、だろ？」

「そうっすね」

五年ぶりの飲み会――賑やかで騒がしくて、けれど粗野《そや》な感じはない。むしろ下手な会社の飲み会よりもマナーがよさそうなくらいだ。

ファンタジー世界の冒険者《ぼうけんしゃ》ギルドと言えば、荒《あら》くれ者《もの》ならず者が幅《はば》を利《き》かせているような印象だったが、少なくともここではそういう手合は見かけていない。

「まあ、気性《きしょう》の荒いやつもいねえわけじゃねえが、うちはアットホームってのが売りだからな。逆にもう少しガツガツしてほしいくれえなんだが……お前らが入ってくれりゃ、目の色も変わってくるかもな」

「へ？」

「狩人業界史上最高レベルの黄金ルーキーが加入間近ってな、噂《うわさ》で持ちきりだぜ」

さっきからちらちらと見られている気がしたのはそのせいか。

「噂って、どこから？」

「俺だけど」

「あんたかよ」

「情報操作ってやつよ。それはともかく、あそこによ――見えるか、場違《ばちが》いなもんが飾《かざ》ってあんだろ」

シモヤナギが指差した先に、縦長の額縁《がくぶち》が飾られている。和紙にミミズののたくったような字が筆書きされている。

「なんて書いてあるかわかるか？」

「アベシューのうんこりす」

「うんこじゃないです」

「すいません」

頬袋むぎゅー。

「初代総師《そうすい》が遺《のこ》した言葉さ、『糸は縁《えにし》、糸は運命』ってな」

口の中でつぶやいてみる。糸は縁、糸は運命――。

「俺らはみんな〝糸繰《いとく》りの民《たみ》〟だ。この身体に宿した菌糸《きんし》が、崩壊《ほうかい》した文明から命をつなぎ、人と人をつなぎ、国をつくってきた。お前がこの町へやってきて、こうしてここで同じ釜《かま》のメシを食ってんのも……糸が紡《つむ》いだ運命ってやつなのかもな」

胸に響《ひび》くものがある。鼻眼鏡さえなければもっと響くのに。

「せいぜいたくさんつながって、たくさん影響《えいきょう》し合えばいいさ。それがこの世で生きるっ

てこったからな……ほれ、お前の釣《つ》り糸《いと》がさっそく引いてるぜ？」

振《ふ》り返ると、先輩狩人たちが何人かテーブルにやってくる。

「お前ら――じゃなくて君らが噂の新人だろ？」

「なあ、ちょっと話聞かせてくれよ」

みんなフレンドリーというか、興味津々《きょうみしんしん》な目つきだ。

「レベル68って、もう達人どころかトップランカー級じゃん」

「そっちのカーバンクルちゃんも40だって？」

「【光刃《こうじん》】見せてくれよ。俺生で見たことねえんだよ」

どこまで個人情報が流出しているのかはともかく、こんな風に脚光《きゃっこう》を浴びる機会などこれまでの人生であっただろうか。おろおろと戸惑《とまど》い不可避《ふかひ》な愁。

「十何年もメトロの深層で魔王《まおう》として君臨してたんだって？」

「さっそくコカトリス三百匹シメてきたとかすごすぎん？」

「よくわかんないけど魔法使《まほうつか》いになったってどういうこと？」

「シモヤナギさんなにしゃべったんすか」

「気にすんな、噂ってのは尾《お》ひれがつくものさ」

わいわいと囲まれ、料理を差し出され、グラスに酒が注がれて。

そうして、この世界に目覚めて以来、最も賑やかな夜が更《ふ》けていく。

＊＊＊

十八歳《ノア》に酒を飲ませたのは誰だろう。シモヤナギあたりが怪《あや》しいと愁は睨《にら》んでいる。いや、この国では十五歳で成人らしいので、別に悪いことではないらしいが。

「んー……にんにく足んないってぇ……」

「え、それ寝言《ねごと》？」

愁は今、しっかり酔《よ》いつぶれたノアを背中におぶっている。意識があるのかないのか、彼女はときおりなにかむにゃむにゃ言っている。

背中に感じる肉圧を感じないようにしつつ、宿へと歩く夜の街。湿《しめ》り気《け》のない風が心地《ここち》よく熱を冷ましてくれる。雲の散った夜空にはぷくっと膨《ふく》らんだ月がある。

「アベシュー、たのしそうだったりす」

タミコが頭の上でそんなことを言う。

「まあね。もうちょい酔いたかったけど」

元からそれほど弱いわけではなかったが、【不滅】のせいか「ほろ酔いくらいに回っては醒《さ》める」の繰《く》り返《かえ》しだった。ちょっぴり物足りないのが本音だ。

それでも——先輩狩人らと触れ合って、酒を飲《の》み交《か》わしてどんちゃん騒ぎをして。

最初にやってきたのがこの町でよかったと、そう思えた。

「タミコはどうだった？」

「シャテーがたくさんふえたりす。シャシャシャシャ」

舎弟《しゃてい》というかアオモト予備軍というか。主に女性だったのは素直《すなお》に羨《うらや》ましい。

「ちじょうはハジメテがいっぱいりす。ワクテカばっかりでやばたにえんりす」

「それな」

長い長いメトロ暮らしを脱《ぬ》け出して、ついにたどり着いた地上の新世界。

まだ十日ほどしか経っていないのが不思議なくらい、いろんなことがあった気がする。

来週には正式に狩人ギルドに加入できる。そうなれば戸籍《こせき》を得て、この町に居を構えることができる。今はコンノに手頃《てごろ》な物件をさがしてもらっているところだ。

仕事が見つかり、家ももうじき見つかる。いろいろと大変な目にも遭《あ》ったが、新世界での生活がいよいよ始まるのだ。

「帰る場所があるって、いいよなあ」

「りす？」

「いや、新居の話」

自分の帰る場所は愁のところだと、タミコは言ってくれた。

そのセリフを二人の少女にそっくり返したいところだが、照れくさいので口には出すことはないだろう。

必ず生きて帰れる狩人になろう。

愁はそんなことを思う。

タミコをひとりぼっちにしないために。

ノアを守れるように。

「――さて。狩人になったら、なにから始めようかね？」

帰る場所があるからこそ、どこまでも歩いていける。

生き抜くことができる――大地が奈落《ならく》まで裂《さ》けようと、獣《けもの》の群れが押《お》し寄《よ》せようと。

道標《みちしるべ》のように月は夜空に浮《う》かび、連なる街灯の光はずっと先まで続いている。

# あとがき

このたびは「迷宮メトロ」第2巻を手にとっていただき、誠にありがとうございります。

1巻の発売から早四カ月。著者自身、こんなにも早く続きを出せるとは思っておりませんでした。楽しんでいただけましたら幸いでございります。

このあとがきを書いている現在も、1巻発売時と変わらず世の中はいろいろ大変なままで。本来なら今頃、東京はわいわいお祭り騒ぎだったんだろうなあと。

「東京がトンデモ現象で一度滅んだ話」を書いてるようなやつが言えることじゃないかもですが、「いつもの日々」が一日でも早く戻ってくることを願ってやみません。

さて。

本作は、菌糸文明が発展したトンデモな国〝シン・トーキョー〟と、そこにひしめく無数の迷宮〝メトロ〟をめぐる冒険譚です。

一応ファンタジー要素もあるし、でも舞台は近未来だし、SF的な要素もあるし……と、自分でも未だに本作のジャンル分けについて答えが出ていなかったりして。

なんなんでしょうね、リス小説？　なろうがリス部門つくってくれたら三位くらいには入れるかも。

まあ、これからも塩顔主人公と畜リスがドタバタするお話ということで、引き続きご愛顧いただけましたら幸いです。

というわけで、最後にご挨拶を。

イラストを描いてくださるかわすみ先生。美術図工で3以上とったこともない絵心皆無な朴念仁のくせに、あれやこれやと要望したりして大変恐縮です。今回も家宝にしたくなるような素敵なイラストをありがとうございました。

そして、普段よりご声援をくださる皆様、本書出版にご尽力いただきました皆様、そして本書を手にとっていただきました皆様に、心より御礼申し上げます。

では、また次巻でお会いできますように。

コミカライズも連載中の
スナイパー英雄譚！
漫画：瀬菜モナコ
原作：かたなかじ　キャラクター原案：赤井てら
著／かたなかじ
イラスト／赤井てら
発売予定!!

魔眼と弾丸を使って
異世界をぶち抜く
第9巻 2020年秋

HJ NOVELS
HJN46-02

# 迷宮メトロ 2
～目覚めたら最強職だったのでシマリスを連れて新世界を歩く～

2020年8月22日　初版発行

著者――佐々木ラスト

発行者―松下大介
発行所―株式会社ホビージャパン
〒151-0053
東京都渋谷区代々木2-15-8
電話　03(5304)7604（編集）
03(5304)9112（営業）

印刷所――大日本印刷株式会社

装丁――AFTERGLOW／株式会社エストール



定価はカバーに明記してあります。



Printed in Japan

ISBN978-4-7986-2272-9　C0076